배리 스콰이어스

배리 스콰이어스

헤더 스미스 지음

이미정 옮김

VERDANDI

계속 나아가라고 가르쳐 준 현실 속의 어른 고드에게,
그리고 언제나처럼 롭에게 이 책을 바친다.

이 책이 내 회고록이라면 첫 문장은 이렇게 달라졌을 것이다. '모든 일은 빙고 홀에서 시작됐다.' 그리고 책 표지는 발꿈치를 딸깍 맞붙인 채 공중으로 날아오른 내 사진이 장식한다. 뒤표지에는 교황 요한 바오로 2세의 호평이 실린다. '성경 다음으로 기똥차게 좋은 최고의 책이다.' 책 제목은 《모두 신나게 두드려》, 그 아래에는 '핀바 T. 스콰이어스가 열정을 다해 지음'이라고 찍혀 나온다. 할머니가 열혈 팬이라서 할머니에게 경의를 표한다는 문구도 넣는다.

하지만 이 책은 회고록이 아니다. 회고록은 놀랍도록 멋진 인생을 살아오고 영감 넘치는 이야기를 풀어 내는 사람들이 쓰는 것이다. 나는 단지 풀 틸트 댄스 단원이 되겠다는 꿈을 좇았을 뿐이다. 하지만 얼마 못 가 그 꿈도 끝장나 버렸다.

1장

 오플래허티 신부님이 운영하는 풀 틸트 댄스팀 공연은 천 번도 넘게 봤다. 하지만 프랭키 아저씨의 빙고 홀(여러 사람이 모여서 빙고 게임을 하는 실내 장소)에서 봤던 오프닝 공연만은 달랐다. 그때 처음 으로 풀 틸트 댄스 단원이 되고 싶었다.

 타탄체크 무늬 댄스복이 네온사인 불빛을 받아 현란하게 반짝거 려서? 프랭키 아저씨가 깔아 놓은 커다란 합판에 따닥따닥 부딪치 는 댄스화 소리에 홀려서? 다 아니다. 작년에 동호회란 동호회에서 다 쫓겨나고 특별 활동부에도 못 들어갔기 때문이다. 그놈의 성질 을 죽이지 못하면 스무 살에 심장마비로 죽을지도 모른다는 할머니 의 악담도 한몫했다.

 공연 장소인 빙고 홀 앞쪽 주차장은 출입 금지 줄이 쳐져 있었다.

엄마는 내 양쪽 어깨에 두 손을 올려놓고 내 뒤에 섰고, 아빠는 효자답게 할머니를 앞쪽 의자로 모셨다.

갓난아이 동생 고드도 같이 왔다면 좋았을 텐데. 뉴펀들랜드(캐나다 남동부에 있는 주) 전통 음악을 좋아하는 녀석이니까.

하지만 오늘은 실라 누나와 집에 있다. 누나는 거하게 먹은 일요일 점심 뒷정리를 하겠다고 자진해서 남았다. 피우스 형은 누나의 헌신적 행동에도 툴툴거렸다.

"착한 척 그만해! 너 때문에 우리가 다 나쁜 놈들이 되잖아."

피우스 형은 말투가 거칠었고 사사건건 트집을 잡았다. 항상 그 모양인데도 엄마는 16세(한국식 나이로는 17~18세) 성년의 날 이후로 피우스 형을 스위트 식스틴이라고 불렀다. 스위트 식스틴 피우스 형은 풀 틸트 댄스 공연을 보러 간다는 소리에 이렇게 말했다.

"아일랜드 댄스 구경? 그건 얼간이나 하는 짓이야."

복잡한 주차장에서 미친 듯 움직이는 댄서들을 바라보자 400와트짜리 속도 조절 실톱을 보고 있는 것 같았다. 아일랜드 댄스 구경이 얼간이나 하는 짓이라고? 그럼 내가 제일 멍청한 얼간이다.

프랭키 아저씨는 밝은 네온사인 아래 서서 발을 구르고 손뼉을 쳤다.

"저 사람 좀 봐. 꼭 카나리아를 삼킨 고양이 같아." 엄마가 말했다.

풀 틸트 댄스팀 공연은 원래 '주님께 더 가까이' 양로원에서 열릴 예정이었다. 그런데 프랭키 아저씨가 한 사람당 빙고 게임 다섯 번

무료라는 미끼를 내걸고 낚아채 왔다. 오플래허티 신부님의 풀 틸트 댄스팀은 우리 동네에서 인기 최고다. 그와 쌍벽을 이루는 상대는 백파이프 연주자 앨피 브래그와 그의 백파이프뿐이었다.

항구 도시 세인트존스(캐나다 동부, 뉴펀들랜드 동남부에 있는 항구 도시)의 빙고 게임 광신도들은 프랭키 아저씨가 빙고 홀을 새로 짓는다는 소식에 열광했다. 원래 빙고 게임장이었던 성당 홀은 쥐가 들끓어 문제였다. 할머니는 매점에서 파는 치즈 과자 때문이라고 했다.

"고놈의 치즈 과자 하나만 바닥에 떨어져 봐. 우리가 반짝이는 금조각을 보고 달려들 듯 생쥐가 들끓지." 할머니 말씀이었다. 내 생각도 그랬다. 나도 바닥에 떨어진 치즈 과자 몇 개를 집어 먹었으니까.

성당 빙고 게임장을 찾는 사람은 점점 줄어들었다. 그러던 어느 날, 동네 수다쟁이 버나데토 아주머니가 라디오 방송국의 전화 토크쇼에 전화를 했다. 그러고는 하는 소리가 99세 증조할머니가 빙고 광신도라 성당 빙고 게임장에 다니는데 콧물이 줄줄 흐르고 쉽게 지치고 몸도 약해지는 게 전염병 증상 같다는 것이었다. 거기서 한술 더 떠서 다른 사람들도 모두 성당 게임장에 안 가려고 한다나. 당시 몰리 신부님이 두 번씩이나 소독을 한다고 말했지만 버나데토 아주머니는 입을 다물지 않았다. 런던 대역병(1600년대 런던에서 유행한 전염병) 때는 이불과 베개, 옷까지 전부 다 불태웠다면서 소독만 해서는 안 되고 쥐가 들끓는 성당 게임장을 싹 태워 버려야 한다고 했다. 그때 프랭키 아저씨가 끼어들어서 빙고 홀을 새로 짓겠다는 소식을 발표했다. 바로 그날 몰리 신부님이 프랭키 아저씨에게 전화를 해서 '훌륭한 자선가'라고 칭송했다. 하지만 엄마는 이렇게 말했다.

"자선가는 무슨 바람둥이겠지."

내가 그게 무슨 말인지 묻자 엄마는 틸리 고모(덜렁거리는 노처녀라는 뜻)에게 물어보라고 했다. 내가 알기로 틸리 고모라는 사람은 우리 집 가계도에 없었다.

오프닝 공연이 끝난 후, 프랭키 아저씨가 이중문을 몸짓으로 가리켰다. 이중문은 노란색 출입 금지 줄에 가로막혀 있었다.

"동네 멍청이한테 개관식을 맡기면 저렇게 된다니까." 프랭키 아저씨가 말했다.

'동네 멍청이'는 프랭키 아저씨의 94세 엄마를 가리키는 말이었다. 나는 프랭키 아저씨 엄마에게 슬금슬금 다가갔다.

"진짜 못 말리는 아들자식이네요."

"걱정 마렴. 뿌린 대로 거둘 테니."

프랭키 아저씨가 손가락으로 자르는 시늉을 했다.

"가위가 어디 있지?"

그때 동네 멍청이가 분홍색 플라스틱 안전 가위를 건네주었다. 나는 배꼽 빠지게 웃어 젖히며 말했다.

"할머니 최고!"

프랭키 아저씨는 안전 가위로 리본을 자르느라 땀을 뻘뻘 흘렸다. 마침내 리본이 싹둑 끊어졌을 때 풀 틸트 댄스팀이 축하 공연을 선보였다. 춤은 괜찮았지만 〈난 소년이야〉 선곡은 별로였다. 나라면 빙고 동요를 이렇게 바꿔 불렀을 텐데.

빙고 홀 새 주인은 프랭키 맥콜, 빙고는 게임 이름. 비 아이 엔 지오.

풀 틸트 댄스팀에게는 나의 기발한 아이디가 꼭 필요해 보였다. 박수 소리가 가라앉았을 때 난 부모님에게 새로운 인생 목표가 생겼다고 말씀 드렸다. 풀 틸트 댄스 단원이 되겠다고.

"절대 안 돼. 너무 시끄러워서 미쳐 버릴 거야." 아빠가 하는 소리였다.

"하지만 아랫도리가 찌릿한 게 필이 온단 말야."

"배리, 제발 말조심해. 성당 근처에서는 그런 소리 하면 안 돼." 엄마가 속삭였다.

"아, 뭐래? 성경에도 항상 나오는 얘긴데."

아빠가 빙고 홀로 앞장서 갔다.

"어서 와. 빙고 게임 시작해."

"빙고는 됐고. 지금 내 꿈을 얘기하고 있잖아."

"무조건 안 돼. 겨우 몇 주 하다가 그만둘 거잖아." 엄마가 찬물을 끼었었다.

"네가 동네 멍청이처럼 온 집 안을 딸깍거리면서 돌아다니는 꼴은 못 봐 준다." 아빠도 거들었다.

나는 돌멩이를 집어 들어 번쩍이는 간판을 향해 던졌다.

"에이 씨, 다 필요 없어!"

돌멩이는 목표물 몇 센티미터 앞에서 뚝 떨어졌다.

"빗나간 게 다행인 줄 알아. 안 그랬으면 네 가족 모두가 평생 동안 빙고 홀에 발도 들이지 못할 테니까." 프랭키 아저씨가 말했다.

"정말 다행이구나, 아들. 너 때문에 여기 못 온다면 너랑 연을 끊을 거거든." 엄마의 매정하기 짝이 없는 선언이었다.

엄마는 정말 빙고 게임을 좋아했다. 가족들과 함께 빙고 홀로 들어가려는데 아빠가 내 팔꿈치를 잡아당겼다.

"너 대체 왜 그래, 배리? 저번에 고드가 태어나고 엄마가 집을 나갔을 때는 반기독교를 외치더니."

나는 팔꿈치를 잡아 뺐다.

"짜증 나게 왜 이래. 난 하느님 열혈 팬이야. 하느님 추종자에 광팬이라고, 꼰대 아저씨."

"그렇게 부르지 마, 배리. 하느님 맙소사, 난 네 아빠라고."

"하느님을 아무 데나 막 들먹이네. 그러면서 누구보고 반기독교주의자래?"

나는 스낵바에서 기다리고 있는 할머니에게 쪼르르 달려갔다. 할머니는 매주 간식을 사 주셨다. 물론 그 대가로 할머니의 빙고 카드 20장을 채워 드려야 했지만.

"먹고 싶은 거 골라 봐." 할머니가 말씀하셨다. 뭘 먹을지 쓱 보는데 배 속이 요동쳤다.

"치즈 과자 빼고. 그거 때문에 역병이 돌기 시작했다는 거 알지?" 할머니가 조건을 걸었다.

프랭키 빙고 홀에 새로 들어선 스낵바는 갖가지 상품을 다 갖춰 놓고 있었다. 고를 게 너무 많아 죽을 판이었다!

"할머니, 저기 봐요. 메이웨스트 파이(초코파이 모양의 디저트)도 있어요."

하지만 할머니는 관심도 없었다. 반짝거리는 새 카운터에 넋이 나가 있었다.

"코멧 세제로 닦아야 윤기를 유지할 수 있을 텐데." 할머니가 중얼거렸다.

나는 짭조름한 감자칩 한 봉지를 집어 들고, 부모님이 있는 복잡한 테이블로 다가갔다.

"카드가 왜 이래?"

빙고 카드가 항상 하던 것과 달랐다. 카드 위쪽에 빙고라는 글자도 적혀 있지 않았다.

"프랭키가 90볼 빙고를 해 보고 싶다는구나." 할머니가 설명했다.

"영국에 여행 갔다가 해 봤대." 엄마가 말했다.

"정신 바짝 차리고 봐, 핀바 배리. 글자도 없고 숫자뿐이야." 할머니가 경고했다.

"이건 미친 짓이야. 완전 정신 나간 짓이라고." 아빠가 불평했다.

우리 네 사람은 매직펜을 든 채 무슨 숫자가 나올지 기다렸다. 스피커가 지지직거리며 살아났다.

"대박이 62."

"이게 무슨 소리야?" 아빠가 물었다.

"숫자에 별명을 붙이는 영국식이죠. 색다른 재미가 있지 않나요?" 가까이 서 있던 프랭키 아저씨가 설명했다.

"차 한 잔 32."

이번에는 내가 아는 목소리였다. 도심지 붙박이요, 파란만장한 삶의 주인공인 절름발이 영국인 스티븐이었다.

"더러운 옷 30."

"죄다 우스꽝스러운 이름이잖아." 엄마가 투덜댔다.

"댄싱 퀸 17."

아빠가 팔꿈치로 내 갈비뼈를 찔렀다.

"댄싱퀸이래, 배리. 널 위한 행운의 숫자야."

다들 웃음을 터트리자 내 속이 부글부글 끓어올랐다.

"성질 죽여, 핀바 배리." 엄마가 조용히 말했다.

나는 매직펜을 꽉 움켜쥐고 놓지 않았다. 그 바람에 잉크가 흘러

나와 할머니 빙고 카드가 잉크 범벅이 됐다.

"배리, 이게 무슨 짓이냐! 모서리 숫자 하나만 채우면 되는데!" 할머니가 외쳤다.

"예술가들이란 참 괴팍하다니까." 아빠가 빈정거렸다.

나는 감자칩 봉지를 주먹으로 내리쳤다.

"바닥에 떨어진 감자칩 45."

급기야는 밖으로 냅다 뛰쳐나가 돌멩이를 하나 더 주워서 간판을 향해 던졌다.

"야, 조심해!"

빌리 윌쉬가 콘크리트 담벼락에 앉아 생선튀김과 감자칩을 먹고 있었다. 작년에 나랑 좀 어울려 다니다가 고등학교에 진학한 녀석이었다.

"맞을 뻔했잖아." 빌리가 짜증을 냈다.

빌리는 나보다 겨우 한 살 많지만 덩치가 내 두 배였다. 미안하다고 하려는데 난데없는 빛줄기에 앞이 안 보였다. 따뜻하고 강렬한 빛에 온몸이 따끔거렸다. 나는 눈을 가늘게 뜬 채 빛줄기의 진원지를 노려보았다. 빌리의 탭댄스화 은색 바닥 쇠에 반사되어 눈부시게 빛나는 햇살이었다.

"그 얘기 들었어?" 내가 운을 떼었다.

"무슨 얘기?"

나는 미소 지었다. 할렐루야를 합창하는 천사들 소리가 내 귀에만 들렸다. 나, 배리 스콰이어스는 하느님의 계시를 받아 탭댄스를 출 운명이었다.

나는 콘크리트 담벼락 위로 뛰어 올라갔다.

"썰 좀 풀어 봐. 풀 틸트 댄스 단원이 되려면 어떻게 해야 돼?"

빌리가 감자칩 하나를 입에 튕겨 넣었다.

"악마에게 영혼을 팔아."

"그거 괜찮네. 또 없어?"

빌리가 어깨를 으쓱거렸다.

"오디션에 지원하는 거지."

"오디션이 언제인데?"

"9월."

"6개월이나 남았잖아. 그렇게 오래 못 기다려."

"인내가 미덕이야, 친구."

"댄스복은 어떻게 구해?"

"오플래허티가 팔아. 125달러."

댄스복은 뉴펀들랜드 타탄체크 무늬 디자인이었다. 초록색 바탕에 빨간색, 노란색, 하얀색 줄무늬가 있었다. 할머니가 애국자처럼 보인다고 칭찬한 댄스복이었다. 피우스 형은 코흘리개나 입는 옷 같다고 했다.

"125달러? 완전 바가지 아냐?"

내가 묻자 빌리가 자기 조끼를 쓰다듬으며 말했다.

"이게 아주 질이 좋다고. 100퍼센트 폴리에스테르야."

"100퍼센트?" 내가 놀라서 외쳤다. 교복은 겨우 60퍼센트가 폴리에스테르였다. 나머지는 면이고.

빌리가 생선튀김을 케첩에 찍었다.

"미리 말해 두는데 댄서 인생이 온통 장밋빛으로 화려하게 빛나는 건 아냐. 이 바닥은 편견이 심해. 남자 댄서는 더 힘들지. 색안경 쓰고 보는 사람이 많거든."

내가 손을 뻗어 감자칩 하나를 집었다.

"그런 얼간이들 잡소리에 주눅 들지 마, 빌리."

내가 스카우트에서 쫓겨났을 때 할머니가 해 준 말이었다. 빌리라는 이름만 빼면 토시 하나 틀리지 않고 똑같았다.

나는 담벼락에서 뛰어내렸다.

"야, 네가 고해실 가림막에 구멍 냈어?" 내가 돌아서서 걸어가는데 빌리가 물었다.

"몰리 신부님이 나한테 너무 심했단 말야. 크게 잘못하지도 않았는데 성모송(성모 마리아에게 바치는 기도)을 열 번 암송하라니 말이 돼?"

"뭘 잘못했는데?"

"교실 문에 구멍을 냈거든."

나는 길을 걸으면서 운동화가 바닥에 닿을 때마다 입으로 딸깍딸깍 소리를 냈다. 집 안에 들어가자 누나가 고드를 안겨 주었다.

"네 차례야. 피우스는 하키 하러 갔고, 난 메모리얼대에 공부하러 갈 거야."

실라 누나는 메모리얼 대학교 입학 허가서를 받은 후로 벌써 대학생이 된 것처럼 캠퍼스를 드나들었다.

"조심하는 게 좋을 거야, 누나. 못생긴 얼굴 자꾸 들이대다가는 학기 시작도 하기 전에 쫓겨날지도 몰라."

"6월에 우등생으로 졸업할 거니까 걱정 붙들어 매셔. 이 못생긴 면상을 아주 환영할걸."

나도 6월에 졸업할 예정이었다. 하지만 고등학교에서 내 못생긴 면상을 환영해 줄지는 모르겠다.

고드가 통통한 작은 손으로 내 머리카락을 한 움큼 움켜쥐었다. 빙고 홀 개관식 내내 보고 싶었던 고드였다.

"고드, 그거 알아? 이 형이 풀 틸트 댄스 단원이 될 거야." 내가 속삭였다.

*

뉴펀들랜드에서는 가끔씩 하루에 사계절을 모두 경험할 수 있는 날이 있다. 봄이 와야 하는 3월 말에도 그런 일이 일어난다. 나는 고드에게 방한복을 입혔다. 빙고 게임 후 오후 산책을 나가려면 따뜻하게 입어야 했다. 나는 항상 그랬듯이 집주인 이름과 집 색깔을 읊으면서 동네 산책을 시작했다.

"머천트, 빨간색. 코디, 하얀색. 월링, 검정색."

고드를 데리고 요크 대로를 벗어날 수 없었을 때 좀 재밌게 산책해 보려고 짜낸 생각이었다. 이제는 좀 더 멀리까지 갈 수 있는데도 그 전통을 계속 이어 나갔다. 안 그러면 고드가 소리를 질렀다. 가끔은 고드가 고집부리지 말고 좀 유연하게 굴었으면 좋겠다고 생각했다. 자기 엉덩이에 입을 맞출 정도로 유연한 녀석이 고집은 얼마나 센지.

"한라한, 초록색, 오브라이언, 파란색."

"아바바, 아다다, 아파파." 생후 6개월밖에 안 된 녀석이 유창하게 말도 잘한다. 이러니 내가 틈만 나면 동생 자랑을 할 수밖에 없지. 고드는 진짜 신동이다.

식당 겸 잡화 매장인 케인스도 산책 코스에 들어 있었다. 부 아저씨가 담배를 팔거나 뉴펀들랜드 전통 음식을 나눠 주느라 바쁘지 않다면 유령 이야기를 들을 수 있다. 부 아저씨는 시그널 언덕에서 머리 없는 유령을 봤다고 했다. 폭풍 치는 어두운 날 밤에 유령과 눈이 딱 마주쳤다나. 눈이 마주치다니! 믿을 수 없는 이야기였다. 가끔씩 고드는 부 아저씨의 이야기를 듣는 와중에 꾸벅꾸벅 졸았다. 하지만 가게를 떠나자마자 정신을 번쩍 차렸다. 공기가 달라지기 때문이었다. 콧속으로 밀려드는 소금기 섞인 공기가 상큼했다. 항구에 도착하면 고드는 더욱 생생해졌다.

"네가 수영할 수 있으면 좋겠다, 고드!"

나는 바다에 빠뜨릴 것처럼 고드의 유모차를 앞으로 기울였다. 고드가 좋아하는 놀이였다. 한번은 지나가던 할머니가 위험하다고 소리쳐서 내가 건들건들 말했다.

"할매, 진정제나 드시죠. 안전벨트 맸다고요."

오늘은 케인스 가게에 가지 않고 빙고 홀로 돌아갔다. 합판은 아직 빙고 홀 바깥에 깔려 있었다.

"잘 봐, 고드!"

나는 오전에 봤던 풀 틸트 댄스팀의 춤을 따라했다. 소리는 조금 시끄러웠지만 아름답게 울렸다. 배경 음악이 없어서 내가 노래를 불렀다.

패디 머피가 죽던 날 밤

그 밤은 절대 잊지 못해.

만취했던 남자들은

아직 정신을 차리지 못하고.

모르는 가사는 '다다다'로 대충 넘기고 생각나는 가사만 불렀다.

머피 부인이 구석에 앉아

슬픔을 토해 내네.

켈리가 패거리를 끌고

거리를 달려 내려가

텅 빈 방으로 들어가네.

훔친 위스키 한 병

그 옆에 시체 한 구

위스키를 차갑게 식혀 주네.

"시체는 죽은 사람이라는 뜻이야, 고드. 남자들이 진짜로 패디 머피의 삶을 기리려고 술을 마셨던 건 아냐. 그냥 어떻게든 파티를 즐기고 싶었던 거지. 내 생각은 그래. 사실 가사는 좀 별로야. 멜로디가 좋지. 넌 어때, 고드? 노래 마음에 들어? 내 춤은 어때? 꽤 괜찮지? 너 표정 왜 그래? 똥 싸는 거 아니지? 여기서 똥 싸면 바로 집에 가야 해."

고드가 사랑스럽게 까르르 웃었다. 두 달 전, 내가 고드의 유아 의자에 발가락을 부딪쳤을 때 처음 들었던 그 웃음이었다. 나는 "아야, 아야, 아야!" 하며 한 발로 뛰어다녔고, 고드는 "꺄르르, 까르르" 하고 신나게 웃었다. 그때 눈물로 눈이 따끔거렸다. 발이 아파서가 아니라 행복이 내 가슴을 묵직하게 눌러서 눈물이 났다.

나는 기저귀 위로 고드의 엉덩이를 만져 봤다. 똥을 싸지는 않은 것 같아서 배너면 공원으로 향했다. 공원에서 유아용 그네에 고드를 앉히려고 애썼다.

"좀 통통하구나, 고드. 하지만 걱정하지 마. 걸음마를 시작하면 바로 날씬해질 거야. 하지만 볼살은 빼면 안 돼, 알겠지? 볼살이 통통해야 귀엽거든. 볼이 홀쭉한 아기는 아무도 안 좋아해."

나는 그네를 높이 밀어 올렸다.

"꼭 잡아, 고드. 네가 떨어져서 죽으면 엄마가 날 죽일 거야."

엄마의 기분을 망치는 짓은 절대 하고 싶지 않았다. 몇 개월 동안 산후 우울증에 시달리던 엄마가 마침내 기분이 좀 좋아졌다.

*

오늘은 아직 정오도 안 됐는데 일어난 엄마를 보고 다들 깜짝 놀랐다. 우리가 탁자에 앉아 할머니표 팬케이크를 먹을 때 엄마가 나타났다.

"같이 성당에 갈 거야?" 내가 물었다.

엄마가 내 머리카락을 헝클었다.

"엄마는 그냥 집에서 조용히 기도할게. 물어봐 줘서 고마워."

엄마는 아빠의 접시에서 베이컨 한 조각을 훔쳐 갔다.

"아니, 이 사람이!" 아빠가 소리쳤다. 엄마는 허리를 숙여 아빠의 입술에 뽀뽀했다. 아빠의 얼굴이 환해졌다. 깔끔하게 옷을 차려입고 하루를 시작할 준비를 마친 엄마. 그 모습에 다들 기분이 좋아졌다.

엄마가 금방 세탁한 빨래를 한 바구니 들고 뒷문으로 나갔다. 모두의 얼굴에서 미소가 떠나지 않았다. 엄마에게는 빨래가 전부였다. 빨랫감을 보고 우리가 어떻게 지내는지 가늠했다.

"배리의 속옷 사이즈 좀 봐. 어린 우리 아들이 어른이 되어 가는구나. 실라 몸매도 점점 예뻐지고. 내가 실라 나이였을 때도 사이즈가 80D였지. 지금은 좀 줄어들었지만. 고드의 옷 사이즈도 한 치수 올려야겠어. 원숭이 그림 있는 게 좋겠는데. 내가 원숭이를 좋아하거든."

차가운 공기가 집 안으로 밀려들었지만 아무도 뭐라 하지 않았다. 할머니는 말없이 무릎 담요를 끌어당겨 올렸고, 실라 누나는 가운을 걸쳐 입었다. 아빠는 차가운 바람을 피하려고 고드의 유아 의자를 끌어당겼다. 피우스 형만 팬티 바람으로 거들먹거리며 돌아다녔다.

"뉴펀들랜드 사람이면 이 정도는 돼야지."

엄마는 빨래 바구니에 손에 넣어 조심스럽게 빨래를 꺼내 빨랫줄에 널었다. 열린 문 사이로 우리를 쳐다보고는 미소 지었다.

"빨래 널기 좋은 날이야."

햇살이 바위를 쪼갤 정도로 뜨거운 날에나 어울리는 대사였다. 하지만 엄마는 일 년 내내 빨래를 널었다. 가끔씩 빨래가 나무판처럼 뻣뻣해졌지만 아무도 신경 쓰지 않았다. 엄마는 빨래 널 때 행복했으니까. 엄마가 행복하면 우리도 행복했다.

엄마가 도르래 빨랫줄을 잡아당기자 끼익 소리가 났다.

"기름칠을 좀 해야겠구나." 할머니가 말했다.

아빠가 창밖을 내다봤다.

"제 귀에는 음악 소리처럼 들리는데요."

나는 추워서 닭살 돋은 양팔을 문지르며 말했다.

"나도 그래."

*

고드를 데리고 배너먼 공원을 나와 빙고 홀로 돌아갔다. 나는 빙고 홀 탁자에 모여 앉은 할머니들에게 고드 자랑을 늘어놓았다. 할머니들은 담배를 입에 물고도 "축복받은 아이야"라고 용케 말했다. 다들 재주가 뛰어났다.

엄마가 날 발견하고는 이맛살을 찌푸렸다.

"네가 고등학생이 되면 고드를 더 멀리 데리고 다닐 수 있어. 그 전까지는 집 근처로만 다녀."

"새로 생긴 빙고 홀을 보여 주고 싶었어. 보통은 케인스 가게까지만 간다고." 물론 거짓말이었다. 나는 어디든 고드를 데리고 다녔다. 한번은 젤러스 쇼핑몰에 갔다. 거기서 15분 동안 말도 탔다. 물론 진짜 말은 아니었다. 진짜 말은 '히이' 하고 울지만 쇼핑몰 말은 〈윌리엄 텔〉 서곡을 불렀다.

집에 돌아가서는 고드와 함께 만화 〈러그래츠〉를 봤다. 엄마가 돌아왔을 때 고드는 낮잠을 자야 했다. 아빠와 할머니는 차를 한 잔 마시러 주방으로 갔다. 나는 비디오플레이어에 뮤지컬 〈리버 댄스〉 비디오테이프를 넣었다. 아빠가 엄마한테 크리스마스 선물로 준 비디오테이프였다. 엄마가 메인 댄서 마이클 플래틀리(아일랜드 탭댄스의 대부)를 좋아해서 사 준 선물이었다. 마이클 플래틀리는 맨 가슴에 볼레로 재킷을 걸쳤고 이마에 얇은 머리띠를 했다. 피우스 형은 그 꼴이 얼간이 같다고 했다. 엄마는 그 모습이 뭔가를 말하려는 것 같다고 했다.

"'나 좀 봐. 나 얼간이야'라고 말이지?" 피우스 형이 빈정거렸다.

나는 〈리버 댄스〉를 두 번이나 보면서 아일랜드 댄스 기술을 익혔다. 양손을 옆구리에 올린 채 상당히 괜찮다 싶은 동작을 연습했다. 가끔씩 한 발을 빠르게 공중으로 차올렸다. 〈리버 댄스〉의 대표적인 춤동작과 비슷해 보였다. 거기다 윙크를 추가해 나만의 춤동작을 만들어 냈다. 그렇게 방 이쪽저쪽을 누비며 춤을 췄다. 풀 틸트 댄스팀 오디션이 열리는 9월까지 기다릴 수 없었다. 그러기엔 내 실력이 너무 뛰어났다. 천부적인 재능을 어떻게 썩힌단 말인가? 그건 나처럼 공정한 사람이 할 짓이 아니었다.

그래서 그날 밤 나는, 할머니가 만든 일요일 특제 고기찜을 먹고 나서 거실의 잡동사니를 싹 치우고 가족들을 거실로 불러 모았다. 엄마와 아빠가 앙코르 공연에 오플래허티 신부님을 초대할 경우를 대비해서 주방 의자를 하나 더 가져다 놓았다. 오플래허티 신부님은 몰리 신부님 뒤를 이어서 새로 온 지 얼마 되지 않았다. 몰리 신부님은 풀 틸트 댄스팀이 경연 대회에서 번 돈으로 토끼털 중절모를 샀다는 비난을 사고 마을을 떠났다. 엄마와 아빠는 아직 오플래허티 신부님을 사적으로 만난 적이 없었다. 그러니 내가 풀 틸트 댄스 단원이 되면 내 꿈도 이루고, 사람들도 한자리에 불러 모을 수 있지 않겠는가.

모두가 착석했을 때 나는 뒷문으로 나가 신발 바닥에 동전을 붙였다.

"빨리 좀 해. 화학 숙제해야 한다고." 실라 누나가 재촉했다.

"나도 할 일 있어." 피우스 형이 덩달아 말했다.

나는 충동적으로 셔츠를 벗어 던지고, 외투 걸이에 걸린 가짜 모피 재킷을 걸쳤다. 그러고는 신발 끈을 이마에 묶었다. 내 안에 잠든 플래틀리를 성공적으로 불러내고는 고개를 치켜든 채 딸깍거리면서 거실로 들어갔다.

"맙소사, 하느님, 성모 마리아님." 엄마가 탄식했다.

"축복받은 아이야." 할머니는 환하게 웃으며 말했다.

아빠는 무척 슬퍼 보였다.

"완전 얼간이 뺨치는 꼴이군." 피우스 형이 말했다.

나는 숨을 크게 들이쉬고 문간에서 투우사 포즈를 취했다.

거실이 고요해졌다. 너무 조용했다. 젠장! 음악을 까먹고 안 틀었다.

하지만 나는 태연스럽게 CD 플레이어를 향해 느릿느릿 걸어가 발가락으로 재생 버튼을 눌렀다. 그러고는 다시 제자리로 돌아왔다.

"아주 자연스러운데." 피우스 형이 칭찬했다.

스피커에서 켈트 춤곡이 흘러나왔다. 나는 미동도 하지 않았다.

"춤출 거니 말거니?" 아빠가 다그쳤다.

아니, 그것도 모른단 말인가? 플래틀리는 음악이 중반에 진입하고 나서야 등장했다.

실라 누나는 씩씩대지, 엄마는 쯧쯧 혀를 차지, 피우스 형은 작지만 다 들리게 욕설을 내뱉지. 도무지 투우사 자세를 유지하기 힘든 분위기였다. 나는 속으로 생각했다. 다들 나중에 후회할걸. 내가 소파 위로 날아오르는 광경에 차갑게 죽어 있던 심장이 살아나는 것 같을 테니까.

"왜 그냥 거기 서 있는 거야?" 실라 누나가 물었다.

"얼간이니까 그러지." 피우스 형이 대꾸했다.

배 속에서 뭔가가 으르렁대며 튀어나올 것 같았다. 나는 그 무언가를 잠재우려 숨을 깊이 들이쉬었다.

"씩씩거리는 거 보니까 천식에 걸린 얼간인가 봐." 실라 누나가 비꼬았다.

"시작하긴 할 거니?" 아빠가 재촉했다.

"아직 내 차례 아냐. 다른 댄서들이 무대를 떠날 때까지 기다리는 거라고."

"다른 댄서가 어디 있는데?" 엄마가 물었다.

"내 눈에는 보이는구나. 에메랄드 섬의 구불구불한 언덕처럼 초록빛으로 빛나는 의상을 입었어." 할머니가 주변을 둘러보고 말했다.

"정말 못 말리겠네." 아빠가 탄식했다.

"바바바, 가가가!" 고드가 외쳤다.

나는 손가락 하나를 들어 올려 모두를 조용히 시켰다. 내가 가장 좋아하는 부분이 나와서 그 순간을 조용히 음미하고 싶었다. 드럼 소리가 눈덩이처럼 굴러 나와 점점 더 커지면서 거실을 가득 메웠다.

셋, 둘, 하나!

광기 어린 바이올린 소리가 터져 나왔고 나도 무대로 튀어 나갔다. 양손을 엉덩이에 올린 채 날아올랐다. 두 다리를 최대한 넓게 벌리고 턱을 공중으로 치켜들었다.

이제 내 실력을 알겠지, 날 얕잡아 보던 가족 여러분! 착지와 동시에 그릇장이 흔들렸다.

"이런, 증조할머니 찻잔 세트가 들어 있는데." 엄마가 걱정스레 말했다.

왼쪽으로 딸까닥 딸까닥. 오른쪽으로 딸까닥 딸까닥. 멈춰서 두

바퀴 회전. 제길, 너무 긴 노래를 골랐다. 나는 양손을 무릎에 올린 채로 양팔을 교차하는 동작을 서둘러 선보였다.

다음에는 찰스턴(미국에서 발생한 사교 재즈 댄스) 스텝을 밟았다.

집중해, 배리. 집중해. 플래틀리라면 어떻게 할까? 나는 셔츠를 벗어 던진 찬란한 플래틀리의 모습을 그려 보았다.

"넌 할 수 있어, 배리." 플래틀리의 목소리가 들리는 것 같았다. 그 거면 충분했다. 나는 양팔을 옆구리에 딱 붙인 채 딸깍거리며 무대를 빠져나왔다. 곧 채워질 오플래허티 신부님의 의자를 똑바로 쳐다봤다. 앙코르 요청을 간절하게 기다렸다. 오만한 인상을 주지 않으려 애쓰며 인사했다.

고드가 손뼉 쳤다.

"브라보! 브라보!" 할머니가 환호했다.

나머지 가족들은 배꼽을 잡고 웃었다.

"누가 의사 좀 불러. 배리가 발작을 일으켰어." 실라 누나가 놀렸다.

피우스 형은 거실을 나가면서 내 이마에 묶은 신발 끈을 잡아당겼다 놓으며 말했다.

"다음에 또 이런 짓 하면 한 방 얻어맞을 줄 알아."

나는 고드를 낚아채 자리를 박차고 나왔다. 내 편은 코흘리개 고드뿐이었다. 물론 할머니도 있지만 할머니를 두 팔로 끌어안고 뛰쳐나올 수는 없지 않은가?

내 방으로 와 바닥에 털썩 주저앉아 신발에 붙인 동전을 떼어 냈다. 고드가 동전을 입에 넣으려고 해서 얼른 치웠다.

"더러워." 내가 말하자 고드가 대답했다.

"바바."

나는 침대에 드러누워 고드를 가슴에 올려놓았다. 고드가 내 젖꼭지도 집어서 입에 넣으려 했다.

"안 돼, 고드. 그건 안 떨어져."

고드가 손을 뻗어 내 뺨에 볼록하게 튀어나온 보라색 반점을 만졌다. 나는 고드의 손을 치웠다.

"안 돼." 고드에게 화를 내서 기분이 안 좋았다. 고드는 내가 몽고 반점을 어떻게 생각하는지 전혀 모르지 않는가?

미안한 마음에 〈케이크 만들자〉 동요를 부르며 고드와 손뼉치기 놀이를 했다. '빵집 아저씨'라고 노래 부르는 대목에서 방금 전 공연을 생각해 봤다. 라이브로 공연할 게 아니라 녹화하는 게 좋았을지도 모르겠다. 멋지게 편집하고 슬로우 모션 효과도 넣었어야 했는데. 〈리버 댄스〉 비디오테이프처럼 말이다. 그랬다면 대박이 났을지도 모른다.

일요일 밤이다. 잠이 안 와서 내 방 천장만 뚫어지게 쳐다본다. 옆침대에서는 피우스 형이 아이스하키 선수 웨인 그레츠키의 자서전을 읽고 있었다. 아래층에서는 시트콤 〈폴티 타워즈〉 재방송 소리가 들렸고, 실라 누나 방에서는 오아시스의 노래 〈원더월〉이 계속 흘러나왔다. 고드는 아기 침대에서 잠들었겠지.

저녁에 먹었던 소고기 통조림과 양배추 냄새가 여전히 공기 중에 짙게 감돌았다. 귓가에 들리는 소리, 콧속에 스며드는 냄새. 하나같이 전부 다 내 마음을 달래 주었지만 일요일 밤이 지나면 월요일 아침이 온다. 나는 울퉁불퉁한 천장을 쳐다봤다. 작년에 물이 새서 천장을 완전히 수리해야 했다. 예전에는 매끈했던 천장이 치장벽토(건물 또는 구조물의 외부를 꾸미기 위해 사용하는 흙)를 발라 놓아 울퉁불퉁했다. 페인트공이 천장의 흠집을 가려 준다고 치장벽토를 추천했다. 팝콘 천장이라고 했는데 팝콘처럼 보이지 않았다. 뭉개진 머랭 같았다.

내일 학교에 가야 한다고 생각하자 너덜너덜해진 퍼즐 조각이 된 것만 같았다. 가장자리가 너덜너덜해져서 끼워 넣으려고 아무리 애써도 툭 튀어나오는 퍼즐 조각이 나였다.

쓰레기장 사건이 기억났다. 그때 형들이 내 얼굴이 더럽다면서 날 쓰레기처럼 던졌다. 다행히 커튼 덕분에 추락해도 크게 다치지 않았다. 담배 냄새에 찌든 낡고 오래된 커튼이 날 살렸다. 형들은 정학을 당했지만 사실 잘못은 없었다. 원래 내 자리에 날 돌려놓으려고 했을 뿐이니까. 튀어나온 퍼즐 조각을 좋아하는 사람은 아무도 없다.

뭉개진 머랭 천장을 올려다봤다. 웃음소리가 희미해졌다. 쓰레기장 형들의 비웃음 소리도, 부모님의 웃음소리도 희미하게 사라져

갔다. 〈폴티 타워즈〉가 끝나고 계단을 오르는 발자국 소리가 들렸다. 〈원더월〉도 어둠에 잠겼다.

2장

　우리 집에서 정시 등교는 오로지 직감에 의존한다. 아빠가 똑딱거리는 소리를 지독하게 싫어해서 집 안에 시계가 없기 때문이다. 똑딱똑딱 회사 시계공인 아빠는 하루 종일 '미친 듯이 울려 대는 똑딱 소리'에 파묻혀 산다고 했다. 그래서 시계라고는 손목시계 하나만 침대 옆 탁자에 올려 둔다. 아침에 딱 한 번 시간을 확인한 후 출근 시간을 감으로 판단하고는 집을 나선다. 아빠를 뒤따라 집을 나선 나는 지각하지 않기만 바랄 뿐이다.

　오늘도 절름발이 스티븐이 모퉁이에서 나타나 큰 소리로 날 불렀다.

　"어이, 핀바 배리 스콰이어."

　예전에는 스콰이어가 아니라 스콰이어스라고 매번 고쳐 말해 줬다. 하지만 스콰이어가 런던에서는 친구라는 뜻이라며 계속 그렇게 불러서 그냥 내버려 뒀다. 이렇게 영국과 캐나다에서 쓰는 말이 달라서 곤혹스러운 경우가 한두 번이 아니었다.

스티븐을 처음 만난 곳은 두 거리가 만나는 모퉁이였다. 그곳에 스티븐이 널브러져 있었다. 평소에 사회적 약자에게 무슨 감정이 있거나 그런 건 아니었다. 미사 시간에는 항상 사회적 약자를 위해 기도했다. 그렇지만 길거리를 혼자 다 차지하는 건 좀 아니지 않나? 그 바람에 나는 길거리에 놓인 가방에 발이 걸려 호키포키 율동이라도 하는 것처럼 이리 뛰고 저리 뛰다 간신히 풀려났다. 나는 비틀거리면서 욕설을 내뱉었다.

"에이 씨, 젠장할 노릇이네."

"뭐? 누가 날 '젠틀한 노신사'라 불렀어?" 노숙자가 소리쳤다. 노숙자가 귀가 먹어서 내 말을 못 알아들었다고 생각했다. 다음 날, 같은 곳을 지나가는데 절름발이 스티븐이 자기 물건을 주섬주섬 챙기며 말했다.

"어서 오십시오, 전하! 이 정도면 오늘 길거리가 마음에 드시옵니까?"

"아니, 레드 카펫을 잊었구나." 내가 말장난을 받아쳤다. 절름발이 스티븐이 머리를 뒤로 젖혀 가며 웃었다. 그때가 우리의 아름다운 우정이 싹튼 순간이었다.

절름발이 스티븐은 거리 모퉁이에서 아침나절을 보냈다. 밤에는 하버 라이트 센터로 향했다. 절름발이 스티븐을 만나려면 살짝 돌아가야 했다. 하지만 학교에는 조금 늦게 가도 된다고 생각했다. 사회적 약자에게 인사하는 일이 훨씬 더 중요했으니까.

나는 스티븐의 인사를 질문으로 받아쳤다.

"몇 시예요?"

스티븐이 손목시계를 확인했다.

"8시 49분."

학교는 9시 시작이었다. 나는 책가방을 떨어뜨렸다.

"시간 많이 남았네. 참, 취직한 거 축하해요."

"아, 이젠 빙고 홀에서 일 안 해. 첫 근무 다음 날 바로 잘렸어."

"왜요?"

"내가 88이라 불러서 설리번 자매가 화를 냈거든."

"88이 무슨 뜻인데요?"

"뚱보 여자 둘."

"설마 그 아줌마들을 보면서 그렇게 부른 건 아니겠죠?"

"안 볼 수가 없었어."

"이거 먹고 힘내요."

내가 집에서 가져온 롤빵을 주머니에서 꺼냈다.

"할머니표 롤빵 대령입니다."

스티븐이 지저분한 손으로 롤빵을 받으며 싱긋 웃었다.

"눈치 빠른 녀석."

사회적 약자가 웃자 나도 기분이 덩달아 좋았다.

"그거 알아요? 전 풀 틸트 댄스 단원이 될 거예요."

"아일랜드 스텝 댄스(경쾌한 리듬에 맞추어 발을 좌우로 움직이며 추는 춤)? 어이, 친구, 댄서가 되려면 로큰롤을 좀 해야지. 어때? 몇 동작 보여 줄까?"

스티븐은 자기가 60~70년대에 인기 있는 록 스타였다고 했다. 대표적인 춤동작도 있다나 뭐라나. 하지만 그 말을 믿는 사람은 아무도 없었다. 그것도 왼쪽 다리가 오른쪽 다리보다 7센티미터 정도 짧은 사람이 하는 소리를 누가 믿을까?

"전 로큰롤 싫어해요. 아일랜드 음악이 좋아요."

"아일랜드는 영국에서 제일 구린 곳이야. 타탄체크 무늬 조끼 차림으로 춤추는 초록 요정 꼴이 되고 싶다고? 이유를 모르겠네."

나는 화가 났다. 초록 요정이 뭐가 나쁘다는 거야?

"스텝 댄스는 아주 멋지거든요." 내가 이를 앙다물고 말했다.

"멋지다고? 귀가 잘못된 거 아니냐? 딸깍거리는 소리 엄청 시끄럽잖아."

나는 스티븐의 손에 들린 롤빵을 툭 쳐서 떨어뜨렸다. 궁수가 사람 머리 위에 놓인 사과를 쏘아 맞추는 것처럼 재빠른 솜씨였다. "멍청한 아저씨가 뭘 안다고 그래요? 아무것도 모르는 것도 아니면서."

스티븐은 롤빵을 집어 들어 흙을 털어 냈다.

"아무것도 모르는 것도 아니면서? 이중부정은 긍정이야, 스콰이어. 그건 잘 안다는 소리라고."

열다섯 살에 학교를 그만뒀는데도 스티븐은 기똥차게 똑똑했다.

스티븐이 종이 상자 깔개를 툭툭 두드렸다.

"어이, 주전자 뚜껑, 그만하고 앉아 봐."

주전자 뚜껑이라니. 새로운 별명이었다.

"자, 말해 봐. 대체 왜 오플래허티 신부의 댄스팀에 들어가려는 거야? 거기는 죄다 계집애 같은 녀석들뿐인데."

나는 지저분해진 롤빵을 뺏어 들고 가방에서 깨끗한 빵을 꺼내 스티븐에게 건네주었다.

"나만의 뭔가가 필요해서요."

"뭔가가 필요하다?"

"피우스 형은 운동을 잘해요. 실라 누나는 학생 회장이고요. 아저씨도 록 스타였다면서요. 저도 뭔가 하고 싶어요."

"하필이면 스텝 댄슨가 뭔가 하는 나부랭이를 꼭 해야겠어?"

"할머니는 제가 앵스트^Angst를 풀어내려면 몸을 써야 한대요."

실라 누나가 봤다면 탐냈을 속눈썹 아래로 스티븐의 청회색 눈동자가 반짝거렸다.

"앵스트? 그런 말도 알아? 불안이라는 뜻 맞지? 잘못 말한 거 아니고?"

"아일랜드 스텝 댄스는 진짜 멋지다고요. 발이 엄청 빨리 움직이고 딸깍 소리도 대박 시끄럽죠. 거의…… 난폭한 수준이라니까요. 발놀림이 아주 바닥을 박살 낼 기세죠. 문제는 일 년에 딱 한 번만 오디션을 본다는 거예요. 9월에요.”

절름발이 스티븐이 할머니표 롤빵을 한 입 베어 먹고 하늘을 쳐다봤다.

“그럼 이렇게 해 봐.”

잠시 후 스티븐이 입을 열었다.

“양로원에 가서 공연을 해 주겠다고 하는 거야. 꼭 목요일 밤에 하겠다고 해. 오플래허티 신부가 방문하는 날이거든. 그때 신부가 네 잠재력을 알아보고는 오디션을 주선해 줄지도 몰라. 아예 즉석에서 널 단원으로 받아들일 수도 있고.”

“공연이요? 사람들 앞에서요? 제가 춤을 잘 추기는 하지만 마이클 플래틀리는 아닌데요.”

“걱정 마, 친구. 다들 널 좋아할 거야.”

“우리 가족들은 배꼽 빠지도록 웃었는데. 할머니 할아버지들이 당장 무대에서 내려가라고 야유를 보낼지도 몰라요.”

“안 그럴 거야.”

“그걸 어떻게 알아요?”

“일단 무대가 없거든. 앨피 브래그 말로는 마지막 기회 공연실에 X 표시 된 곳에서 공연해야 한대.”

“무슨 실이요?”

"마지막 기회 공연실. 양로원에서는 특별 행사실이라고 부르지."

"이름이 왜 그래요?"

"너처럼 뛰어난 인재의 공연을 볼 수 있는 마지막 기회가 될지도 모르기 때문이지. 다들 햇병아리처럼 어리지는 않잖아."

나는 일어서서 가방을 멨다.

"그럼 부담 없이 해도 되겠네요."

스티븐이 롤빵을 마저 다 먹고는 배를 툭툭 두드렸다.

"롤빵 고마워, 스콰이어. 너무 배가 고파서 배 속에 구멍이 난 것 같았는데 이제 좀 살겠어."

＊

학교로 가는데 마이클 웰런이 날 밀치고 지나갔다.

"빨리 가는 게 좋을걸, 와인 바(와인을 주로 파는 서양식 술집). 곧 종 칠 거야."

한숨이 새어 나왔다. 맥그로 선생님은 좋은 의도에서 몽고반점이 전문 용어로 '포트와인(포르투갈에서 생산되는 붉은빛의 와인) 얼룩'이라고 설명해 주셨다. 하지만 얼간이들에게는 날 놀릴 거리가 더 늘어났을 뿐이었다. 내 이름 핀바를 '와인 바'로 바꿔 불러 대기 시작했으니까. 포트와인 말고 메를로Merlot, 카베르네Cabernet라고 부르기도 했다. 메를로와 카베르네가 와인은 맞지만 포르투갈에서 나온 포트와인은 아닌데 멍청하기는.

할머니는 몽고반점 때문에 주눅 들지 말라고 하셨다. 내가 누구 못지않게 훌륭한 사람이니까 자신감을 가지라고 격려해 주셨다. 아니, 누구보다 더 훌륭하다 하셨다. "세상을 다 가진 것처럼 당당하게 학교로 걸어 들어가거라." 좋은 충고였다. 실제로 자신만만하게 가슴을 쫙 펴고 학교에 걸어 들어갈 때는 무슨 소리를 들어도 다 튕겨 냈다. 하지만 아침에 일어났는데 내 얼굴이 달라졌으면 좋겠다 싶은 날이 있다. 그렇게 기분이 꿀꿀한 날에는 얼간이들을 끌어당기는 자석처럼 변한다. "어이, 메를로" 하는 소리만 들리는 게 아니다. "어이, 네 얼굴에 뭐 묻었다"라는 놀림이나 "괴짜들은 밤에 나온다"라고 노래하는 합창 소리가 들린다. 그중에서도 데이미언 클라크와 토마스 버젤이 제일 악질이다. 중학생이 됐을 때 누구라도 내 곁에 가까이 오면 전염돼서 나처럼 된다고 소문을 퍼뜨린 녀석들이었다. 한동안은 날 모세라고 부르며 놀렸다. 내가 나타나면 복도에 몰려 있던 아이들이 홍해처럼 쫙 갈라졌으니까. 그랬다. 기분이 안 좋은 날에는 내 얼굴이 프랭키 아저씨네 네온사인 간판처럼 사람들의 시선을 끄는 것만 같았다. 얼간이들의 표적이 되었다.

학교 바깥에 서서 10분 더 꾸물대다가 곧장 교장실로 향했다.

"좋은 아침이에요, 주디 쌤." 나는 교장실 구석의 나무 책상에 책가방을 휙 던져 놓고는 인사했다.

"오늘 너무 사랑스러워 보이는 거 아니에요? 초록색이 정말 잘

어울려요. 에메랄드 섬의 구불구불한 언덕 같아요."

"누가 보내서 왔니, 배리? 누군지 몰라도 너무 일찍 널 포기한 것 같구나."

"저, 주디 쌤……."

"머클 교장 선생님이라고 불러."

내가 미소 지었다.

"에이, 우리 사이에 무슨 경우를 차려요."

"경우가 아니라 격식이란다."

나는 어깨를 으쓱거렸다.

"뭐, 비슷하네요. 첫 글자가 똑같잖아요."

교장실에서 시간을 때우려면 강약 조절을 적절하게 잘하는 게 관건이었다. 교실에서 쫓겨날 만큼 말썽을 피우되 불쌍한 교장 선생님을 너무 강하게 몰아붙여서는 안 된다. 내 얼굴이 얼간이들의 표적이 된 게 교장 선생님 잘못은 아니니까.

"그래서? 누가 보내서 왔니?"

"그런 거 아니에요. 제 발로 왔어요."

"왜?"

"너무 늦게 와서요."

교장 선생님이 시계를 확인했다.

"맙소사, 배리, 아직 9시 15분도 안 됐어. 1교시가 맥그로 선생님 수업 아니니? 네가 절대 빠지면 안 되는 수업이잖아."

나는 교장 선생님 책장에서 명패를 집어 들었다. 삼각기둥 모양의 토블론 초콜릿처럼 생겼다.

"사실은요. 솔직하게 말씀 드릴게요. 이대로 교실에 가면 주먹질할 것 같은 감이 와서요. 그러니까 여기 있는 게 더 낫죠."

"감이 온다고?"

"뼛속 깊은 곳에서 느껴지는 감이요. 할머니가 언제 비가 올지 아는 것처럼 딱 주먹질할 것 같은 감이 와요."

"배리, 제발 그런 건 무시할 수 없니?"

"할머니가 감정을 무시하지 말라고 했어요. 우리 기독교도들은 그렇지 않아도 많이 억압돼 있다고요."

나는 재킷을 벗고 책상에 앉았다.

"걱정 마세요. 여기 제 책상에 앉아서 제 할 일 할게요."

"그건 네 책상이 아냐."

'제 이름이 적혀 있는데요' 하고 대꾸하려다가 잠시 생각에 잠겼다. 뾰족한 금속 제도 용품으로 나무 책상에 새겨 놓은 내 이니셜 FTS를 가리켜 보여 주는 게 나을 것 같았다.

"이 책상을 사용하는 사람은 저뿐이잖아요." 내가 교장 선생님의 명패를 공중에 휘두르며 말했다.

"저도 이런 거 하나 있으면 좋겠어요."

교장 선생님이 책상에서 일어나 다가왔다.

"하루 종일 여기 숨어 있어 봤자 도움이 안 돼."

나는 교장 선생님 신발을 쳐다봤다. 빨간색 하이힐이었다. 할머니는 '기똥차게 끝내준다'고 하는, 엄마는 '천박하다'고 하는 신발이었다.

"이러면 네가 지는 거야, 배리. 넌 교실에 있을 권리가 있어. 도망치지 마."

교장 선생님이 날 바라보며 미소 지었다.

"이제 교실에 들어가 봐."

나는 교장 선생님을 올려다봤다.

"주디 쌤?"

"응?"

"이런 얘기해도 괜찮겠죠? 쌤 신발이 아주 마음에 들어요. 기똥차게 끝내줘요."

"배리 스콰이어스?"

"네?"

"한 번만 더 주디 쌤이라고 부르면 일주일간 나머지 공부할 줄 알아."

나는 어깨를 으쓱거렸다.

"그거 괜찮네요."

교실로 가는 길에 토마스 버젤을 지나쳤다. 토마스는 한껏 혀를 꼬아서 '피노 누아르Pinot Noir 와인'이라고 날 놀려 댔다. 그냥 무시할 수도 있었지만 뱃속 깊은 곳에서 느껴지는 감을 어떻게 무시한단 말인가? 교장실로 돌아가는 길이 아주 짧았다. 나는 토마스에게 손끝도 대지 않았다고 했지만 토마스의 터진 입술이 내 만행을 보여 주는 엄연한 증거였다. 토마스는 교실로 돌아갔고 나는 교장실에 남았다.

"널 어떡하면 좋니, 배리?"

나는 교장 선생님에게 고 피쉬(Go Fish, 상대방에게 질문을 해서 같은 카드가 있다면 짝을 맞추어 내려놓고, 같은 카드가 없다면 고 피쉬를 외치는 게임) 보드게임을 하자고 했다. 농담이었는데 선생님이 책상에서 카드 한 벌을 꺼냈다.

"크레이지 에이트(Crazy Eights, 가지고 있는 모든 카드를 제거하면 이기는 게임)로 하자. 고 피쉬를 하면 미쳐 버릴 거야."

*

그날 체육 시간에 이상한 일이 일어났다. 놀란 선생님이 공포의 체력 테스트를 실시했을 때였다. 놀란 선생님은 오래 매달리기, 제자리멀리뛰기, 윗몸일으키기를 시켜 놓고 시간을 재고 횟수를 헤아렸다. 잘하는 애들이 몇몇 있기는 했지만 나는 그 부류가 아니었다. 갑자기 아무도 날 '와인 바'라고 부르지 않았다. 대신 이런 소리가 들렸다.

"젠장, 배리, 이건 지옥이야."

"아으, 진짜! 배리, 놀란 쌤이 우릴 죽이려고 해."

40분 동안 모두 녹초가 됐다. 나는 이 지옥이 영원히 계속되기를 바랐다.

*

방과 후에 양로원으로 향했다. 가는 길에 절름발이 스티븐을 만났다.

"주디는 어때?" 스티븐이 물었다. 스티븐은 교장실 이야기를 좋아했다.

"똥 씹은 표정이었어요. 인상 완전 구겨졌죠."

스티븐이 웃었다.

"네가 말썽 좀 덜 부리면 인상이 밝아질걸."

나는 남은 점심을 스티븐에게 건네주었다.

"걱정 마세요. 제가 양로원에서 공연한다는 걸 알면 크리스마스 트리처럼 환해지실 거예요. 지금 양로원에 가는 길이에요."

스티븐이 내 도시락 가방 지퍼를 열었다.

"앨피 브래그와 친하다고 말하는 거 잊지 마." 스티븐은 소시지처럼 통통한 손가락으로 오레오를 반으로 가르려고 애쓰며 말했다.

"그럼 일이 술술 풀릴 거야."

"하지만 앨피 브래그를 잘 모르는데요."

오레오가 산산조각 났다.

"그래도 안다고 해. 거짓말 조금 한다고 큰일 나지 않아."

나는 마지막 오레오를 비틀어 반으로 나눠서 스티븐에게 건네주었다.

"그건 그래요. 정직이 최고의 방법은 아니죠. 제가 주디 쌤에게 크리스마스에 살찔 거라고 경고했잖아요. 그 이야기 기억나죠?"

먹구름 사이로 태양이 얼굴을 내미는 것처럼 스티븐의 텁수룩한 턱수염 사이로 미소가 드러났다.

"전 정말 노력했어요. '주디 쌤, 학생들에게 먹거리 선물은 안 받는다고 하세요' 하고 경고했죠. 주디 쌤이 제 말을 들었을까요? 아뇨, 노다지처럼 쏟아지는 선물을 다 받아먹었죠. 쌤이 집채만 해질 줄 진작 알았다니까요."

나는 스티븐의 호탕한 웃음소리가 터져 나오길 기다렸다. '하하하' 하고 빵 터지는 스티븐의 웃음소리를 들으면 세계 최대 스포츠 경기에서 결승 골을 넣은 것만 같았다. 스티븐이 무릎을 치면서 말했다.

"웃겨 죽겠어, 스콰이어. 너 때문에 내가 죽어."

내 안에서 폭죽이 터지는 것 같았다. 한때 머리가 아팠다고 했던 스티븐에게 웃음은 최고의 명약이었다.

"전 이만 가 볼게요, 치리오, 타타. 런던 사람들이 자주 쓰는 요상한 인사말이 또 뭐가 있더라? 하여튼 안녕이요."

내가 멀찍이 걸어가는 동안에도 스티븐의 웃음소리가 끊이지 않았다. 결승골만 넣은 게 아니라 MVP가 된 것 같았다.

지금 양로원에 가면 내가 제일 좋아하는 시간을 놓친다. 낮잠 자는 고드를 깨우는 시간. 할머니가 3시 30분에 고드를 깨우기 때문에 난 항상 3시 20분까지 집에 간다. 그럼 10분 동안은 고드의 아기침대 옆에 앉아 쌔근쌔근 잠자는 소리를 들을 수 있다. 고드와 함께 숨을 들이셨다 내쉬면 내 안의 군인들이 차분해진다. 내 머릿속에서는 하루 종일 군인들이 행진했다. 대체 뭐하는 녀석들인지, 뭣 때문에 싸우는지는 모르지만 화가 난 것은 분명하다. 군인들은 내 생각들을 속속들이 찾아내서 둘로 쪼개 던진다. 주디 머클 교장 선생님이나 맥그로 선생님에게 군인들 이야기를 하기는 어렵다. 그냥 내가 너무 게을러서 내 잠재력을 다 발휘하지 못한다고 생각하게 내버려 둔다. 그 편이 훨씬 쉬우니까. 고드가 잠자는 모습을 지켜보는 게 좋다. 작은 분홍빛 입술과 장밋빛 분홍 뺨은 내 혼을 쏙 빼놓는다. 군인들도 마찬가지로 혼이 빠져서 낮잠을 자러 막사 침상으로 행진해 들어간다. 고드가 그립다. 고드가 곁에 없으면 숨을 쉬어도 쉬는 것 같지 않다.

*

주님께 더 가까이 양로원은 호텔도 되고 병원도 된다. 로비는 근사한 안락의자와 웅장한 벽난로가 있어 인상적이었다. 하시만 기서 귀를 갈고 난 후 고드의 방에서 나는 냄새가 났다. 시큼한 체취가 사방에 짙게 깔려 있었다. 몇몇 사람들은 제일 좋은 옷을 빼입었다. 파자마 차림에 슬리퍼를 끌고 다니는 사람들도 있었다. 연미복에 중절모자를 쓴 할아버지도 있었다. 복장은 각각 달랐지만 공통점이 하나 있었다. 모두 오래됐다는 거.

하지만 나는 주름살 군단이 좋았다. 노인을 싫어하는 사람이 누가 있겠는가? 노인들은 하루 종일 눈을 반짝거리면서 웨더스 오리지널 캔디와 지혜를 푸짐하게 나눠 준다. 어쩌면 오플래허티 신부님 눈에 띄고 싶어서 이러는 게 아닐지도 모르겠다. 나는 가슴을 내밀고 안내 데스크로 곧장 향했다. 일생일대의 공연 장소를 섭외할 시간이었다.

로비를 가로질러 가는데 밝은 노란색 옷에 꽃 장식 햇볕 차단용 모자를 쓴 사랑스런 할머니가 눈에 들어왔다. 나는 할머니 앞에 웅크리고 앉아 휠체어 팔걸이에 양손을 올려놓았다. 그러고는 나이 지긋한 할머니 얼굴에 깊이 팬 주름을 뚫어지게 쳐다보며 말했다.

"정말이지 할머니는 여름날에 활짝 핀 수선화의 화산 같아요."

"화산이 아니라 화신이겠지." 연미복에 중절모자를 쓴 할아버지가 끼어들었다.

그때 할머니의 쉰 목소리가 새어 나왔다.

"계곡과 언덕 높이 떠도는 구름처럼 외로이 거닐다 황금빛 수선화 한 무리를 발견했네."

거닐어? 저렇게 약해진 다리로는 아무 데도 못 가지. 나는 할머니의 시 낭송을 칭찬해 드리고 싶었지만 내용이 별로라서 대신 이렇게 말했다.

"할머니 목소리가 만화 속 마녀 목소리랑 똑같아요." 역시 칭찬을 하니 기분이 좋았다.

나는 중절모자 할아버지에게 모자를 들어 올려 인사하는 시늉을 하며 앞으로 걸어갔다. 그때 중절모자 할아버지가 잽싸게 지팡이로 내 앞길을 막았다. 그 바람에 나는 지팡이에 걸려 화장품을 덕지덕지 바른 아주머니 품속으로 날아 들어갔다.

"어머, 어머, 잘생긴 젊은이 아냐?"

내가 몸을 일으켜 세우기도 전에 다소 끈적끈적한 입술이 내 뺨에 닿았다. 나는 까짓것 좀 베풀자는 심정으로 이렇게 말했다.

"아줌마 외모도 괜찮은 편이에요." 하지만 솔직히 말해서 그 아주머니는 엄마들이나 좋아할 만한 얼굴이었다.

나는 안내 데스크를 향해 계속 나아갔다. 그때 느릿느릿 걸어오는 연보라색 바지 정장 차림의 할머니가 보였다. 두 눈이 별처럼 반짝거리는 할머니였다. 바지 정장 할머니가 내 앞에 멈춰 섰다.

"아이고, 학생, 나 좀 봐."

바지 정장 할머니는 커다란 가방을 열었다. 그러고는 손을 넣어 이리저리 뒤적거렸다. 아하, 미끌미끌 잘 빠져나가는 작은 악마 녀

석을 찾는구나! 웨더스 오리지널 캔디. 바지 정장 할머니 눈이 반짝
거렸을 때 내가 손을 내밀었다. 잠시 후, 구겨진 낡은 휴지 조각이
펄럭 날아들었다. 나는 인상을 잔뜩 찌푸리며 재빨리 손을 치웠다.

빌리 월쉬의 반짝거리는 신발 바닥 쇠만 생각하는 거야. 그래야
앞으로 계속 나아갈 수 있어.

마침내 도착했다. 접수원이 미소를 지었다. 팻시라는 이름표를
단 접수원이었다. 접수원은 나이가 많았는데도 워터 거리의 펑크족
들처럼 보라색으로 머리를 물들였다. 내가 무슨 공연을 어떻게 할
지 구구절절 늘어놓자 접수원이 말했다.

"그렇게 애쓰지 않아도 돼, 학생. 넌 아주 멋진 공연을 보여 줄 것
같구나."

"그럼 오후 7시 괜찮아요? 목요일 저녁?"

"좋아." 접수원이 텅 빈 탁상용 달력에 내 공연 일정을 적으며 말
했다.

"안 될 것도 없지."

나는 마지막 기회 공연실을 볼 수 있는지 물어보았다. 접수원은
인상을 찌푸리며 말했다.

"특별 행사실 말이지? 복도를 쭉 따라가면 왼쪽에 있어."

복도 양쪽을 따라 문이 늘어서 있고, 문 안쪽에는 노인이 한 명씩
있었다. 나는 모든 어르신한테 고개 숙여 인사하고 윙크를 했다. 한
명만 보고 다 똑같이 취급 말라던 할머니 말씀이 떠올랐다. 주름 군

단 세 명의 지팡이 공격에 뽀뽀 공격, 세균 덩어리 휴지 공격을 받아 죽을 뻔했다고 노인들을 싸잡아 늙은이 취급해서는 안 된다. 열린 마음으로 노인들을 대하자 책을 읽던 할머니가 고개를 들고는 답례로 윙크를 했다. 나는 윙크 할머니 방 안쪽으로 고개를 들이밀었다.

"잘 지내시죠?"

"그럭저럭 지내지. 생각해 보면 말이야."

"뭘 생각해 본다는 거죠?"

윙크 할머니가 양손을 위로 치켜들었다. 전부 다 생각해 보면 그렇다는 뜻인 모양이었다.

"할머니 이름은 뭐예요?"

"에디."

"에디 할머니, 얼간이들 잡소리에 주눅 들지 마세요."

에디 할머니가 미소 지었다. 우리 할머니의 지혜로운 말씀이 가장 유용한 내 인생 명언이 되어 가고 있었다.

"전 배리 스콰이어스예요."

에디 할머니는 산책가자는 소리를 들은 강아지처럼 고개를 반짝 들었다.

"고해실 가림막에 구멍 뚫은 애 아니니?"

"그 유명 인사가 바로 접니다."

내가 싱긋 웃었다.

에디 할머니도 미소를 지었다. 나는 에디 할머니가 마음에 들었다. 에디 할머니는 책 아래 숨겨 둔 위스키에 반쯤 취한 상태였지만 그래도 괜찮았다.

"무슨 책 읽으세요?"

에디 할머니가 책 아래쪽을 힐끗거렸다. 책을 엎어 놓아서 잘 보일 법한 데도 제목에는 영 집중을 못 하는 것 같았다.

"어, 그게……."

"아, 신경 쓰지 마세요. 책 내용이 중요하죠."

나는 다시 윙크하고는 마지막 기회 공연실로 향했다.

그곳에는 스티븐이 말한 대로 X 표시가 있었다. 나는 뒷짐 진 채 공연실을 훑어보았다. 그래, 이 정도면 아주 좋아. 진짜 괜찮아. 신발이 바닥에 부딪쳐 나는 소리만 확인해 보면 될 것 같았다. 스텝 댄스에서는 음향이 가장 중요했다. 아니, 내 생각은 그랬다. 신발에 붙일 동전은 더 이상 없었다. 그래서 바닥에 부딪쳐 딸깍 소리를 낼 만한 금속이 있는지 찾아보았다. 구석에 휠체어 한 대가 있었지만 너무 컸다. 나는 로비로 돌아갔다. 로비에 앉아 있는 중절모자 할아버지가 보였다. 한잠에 빠진 중절모자 할아버지는 코를 골았다. 지팡이는 의자 팔걸이에 기대 세워져 있었다. 중절모자 할아버지한테는 지팡이가 필요 없어 보여서 내가 얼른 낚아채 왔다.

지팡이 바닥에는 고무가 달려 있었지만 위쪽 일부분은 사자 머리 모양의 은이었다. 지팡이를 들고 걸어가는데 상당히 위엄이 넘치는 것 같았다. 에디 할머니의 방을 지나쳐 가면서 인사를 건넸다.

"또 만났네요, 할머니?"

"버스터의 지팡이를 들고 뭐 하니?"

"버스터요? 강아지 이름 같은데요."

"생긴 것도 그렇지. 불독 같잖아."

나는 손가락으로 에디 할머니를 가리키며 미소 지었다.

"정말 못 말리는 노악마시네요, 에디 할머니."

공연실로 돌아가서는 지팡이를 거꾸로 들고 사자 머리로 바닥을 두드렸다. 동전만큼 소리가 잘 울리지는 않았지만 나쁘지는 않았다. 음향 효과에 만족한 나는 재빨리 연습에 돌입했다. 가족들 앞에서 했던 대로 춤을 추다가 지팡이를 이용해야겠다는 생각이 번뜩 떠올랐다. 양손으로 움켜쥔 지팡이에 몸무게를 실은 채 발뒤꿈치로 왼쪽, 오른쪽 바닥을 두드려 딸깍거렸다.

구식 탭댄스에 아일랜드 스텝 댄스를 더할 수도 있지 않을까? 한 손으로 사자 머리를 잡아 누른 채 리드미컬하게 지팡이 주변을 돌았다. 마이클 플래틀리의 오만한 매력에 프레드 아스테어(미국의 배우이자 댄서. 영화 역사상 최고의 댄서로 꼽히는 인물)의 세련미를 더해 완전히 새로운 댄스 장르를 창조하는 거야.

생각난 김에 양팔을 옆구리에 딱 붙이지 않고 지팡이를 가로로 들어 올렸다. 사자 머리는 왼손에, 지팡이 고무는 오른손에 잡았다. 그러고는 지팡이는 둥글게 휘두르고 발로 바닥을 미친 듯 두드리며 아일랜드 억양으로 〈둘이서 차를〉 노래를 불렀다.

"너 이 녀석, 대체 뭐 하는 거야?"

불독 버스터가 늘어진 턱살을 출렁거리며 공연실을 찢듯 가로질러 왔다. 불독이 지팡이를 움켜쥐려고 했지만 내가 잽싸게 지팡이를 공중에 들어 올렸다가 등 뒤로 숨겼다.

"워워, 진정해요, 버스터 할아버지. 이 지팡이가 별로 필요 없어 보이더라고요. 일주일만 빌려 주실 수 있죠?"

"빌려 달라고? 절대 안 돼! 그건 내 지팡이야. 걸어 다닐 때 꼭 필요해."

나는 짜증을 꾹 눌러 담은 단호한 주디 머클 교장 선생님 표정을 지었다.

"에이, 할아버지, 그런 거짓말은 하면 안 되죠."

버스터 할아버지의 얼굴이 팻시 접수원의 머리카락처럼 보랏빛으로 변했다.

"대체 무슨 잡소리야? 거짓말이라니! 난 그 지팡이가 꼭 필요해! 내 나이가 지금 여든 하나라고."

나는 미소 지었다.

"여든 하나면 젊은 거 아니에요?"

친절을 꾸역꾸역 집어넣은 내 눈빛을 불독이 알아봐 주기를 간절히 바랐다.

"나이는 숫자에 불과하잖아요. 이 지팡이 때문에 진짜 하고 싶은 걸 못 하는 것 같지 않나요? 혹시나 해서 말인데요, 감정적으로 이

지팡이에 너무 의지하시는 게 아닐까요?"

잘했어. 아주 훌륭해.

불독 버스터 할아버지가 몸을 숙여서 내 등 뒤의 지팡이를 낚아 채갔다.

"네가 누군진 모르겠지만 아주 정신 나간 녀석이구나. 눈빛만 봐 도 알 수 있어. 넌 미쳐 날뛰는 미치광이 정신병자가 분명해."

"제가요? 땅콩과자 마스코트 '미스터피넛'처럼 차려 입지도 않았 는데요?"

"내가 미스터피넛이라고 비꼬는 거냐? 그러려면 단안경(한쪽 눈 에만 대고 보는, 렌즈가 하나뿐인 안경)도 써야지." 불독 버스터 할아버 지가 콧김을 내뿜으며 말했다.

내가 고개를 끄덕였다.

"각반(발목에서부터 무릎 아래까지 돌려 감거나 싸는 띠)도 차야 하 고요."

불독 버스터 할아버지의 눈썹이 이마를 뚫고 나갈 것처럼 치솟 아 올랐다.

"각반이 뭔지는 아니?"

"할머니가 〈멋지게 차려입고〉 뮤지컬을 제일 좋아하시거든요. 프레드 아스테어의 열혈 팬이죠."

버스터 할아버지가 시선을 멀리 던졌다.

"누군들 안 그럴까?"

"목요일 저녁에 제가 여기서 춤출 거예요. 보러 오실래요?"

버스터 할아버지 얼굴 주름살이 더욱 늘어났다.

"네가 춤을 춘다고?"

"네. 어떤 춤이냐면요……."

나는 발을 몇 번 구르고 나서 손바닥을 쫙 펴 보인 채로 손가락을 흔들며 마무리했다.

"하! 그게 춤이라는 거냐?"

"정확하게 말씀드리면 세미-아일랜드-재즈-탭-댄스예요. 보러 오실래요?"

"놓칠 수 없지." 버스터 할아버지가 떠나려고 돌아서며 말했다.

"괜찮은 코미디 공연을 본 지가 한참 됐거든."

노인들이란 항상 저렇게 엉뚱한 소리를 한다니깐. 나는 떠나는 버스터 할아버지가 뒤통수에 대고 "아뇨, 코미디가 아니라…… 댄스 공연이라고요!" 하고 소리치려다가 그만두었다. 버스터 할아버지에게 무안을 주고 싶지 않아서였다.

3장

낮잠에서 깬 고드가 치리오(가운데 구멍이 뚫린 시리얼) 과자 하나를 코에 남겨 둔 채 높다란 아기 의자에 앉아 있었다. 날 보자마자 두 팔을 펄럭거리며 옹알이를 해 댄다.

"바바."

나는 허리를 굽혀 고드에게 바짝 다가갔다.

"고드, 무슨 일이 있었는지 알아? 내가 목요일에 양로원에서 댄스 공연을 할 거야."

고드가 내 얼굴을 찰싹 때렸다.

"아야, 고드!"

실라 누나가 숙제를 하다가 날 쳐다봤다.

"네가 잘못한 거야. 넌 항상 얼굴을 너무 가까이 들이댄다고."

할머니가 찻주전자에 물을 채우고 주변을 둘러보았다.

"주전자 뚜껑이 어디 있지?"

"주전자 뚜껑? 그래, 그건 런던 사투리로 꼬맹이란 뜻이었어!" 내가 소리쳤다.

실라 누나가 깜짝 놀라서 펄쩍 뛰었다.

"너 대체 왜 그래, 배리?"

"스티븐이 했던 말뜻을 방금 알아냈거든."

"그 인간은 괴짜야. 항상 알쏭달쏭한 말만 해."

나는 아기 의자에서 고드를 안아 내렸다. 고드는 내 팔에 안기자마자 내 뺨을 물어뜯었다.

우리는 라피의 노래 〈아기 벨루가〉를 듣고 또 들었다. 천만번쯤 들었을 때 복도에서 엄마 목소리가 들렸다.

"나의 작은 실수, 우리 늦둥이 어딨니?"

다크 유머라고 했다. 엄마가 고드에게 붙여 준 별명을 듣고는 절름발이 스티븐이 그랬다. 하지만 고드는 실수가 아니라 놀라운 선물이었다. 나는 고드의 귓가에 속삭였다.

"들었니? 엄마가 작은 기적을 찾고 있어."

엄마가 내 방 문을 열고는 금세기 최고의 작품을 보는 것처럼 고드를 쳐다봤다. 실제로도 고드는 최고의 아이였다.

"엄마가 뭘 가져왔는지 보렴." 엄마가 노래하듯 말했다.

엄마는 대형마트 젤러스 비닐봉지에서 원숭이 우주복을 꺼냈다.

사이즈만 0~3개월에서 3~6개월로 바뀌었을 뿐 똑같은 우주복이었다.

"6~12개월 원숭이 우주복도 있었어."

"나갔다 왔어?" 내가 물었다.

"바람 쐬러 잠깐 나갔어."

겉으로는 아무렇지 않은 척했지만 내 속마음은 기뻐 날뛰고 있었다.

"엄마, 그거 알아?"

엄마가 고드를 안아 올려 고드의 숨결을 들이마셨다.

"뭔데?"

"내가 양로원에서 공연을 할 거야."

"진짜? 무슨 공연을 하는데?"

"스텝 댄스. 오플래허티 신부님께 내 실력을 보여 드릴 거야."

엄마의 놀란 표정이 걱정으로 물들어 갔다.

"배리, 너무 큰 기대는 하지 마, 알겠지?"

"알아. 하지만 분명히 성공할 거라고."

엄마가 앉아서 고드를 무릎 위에 올려놓고 목청을 가다듬었다.

"근데 말이야, 배리, 풀 틸트 댄스 단원이 되려면…… 돈이 많이 들어."

"알아. 125달러가 있어야 해."

고드가 엄마 품에서 기어 나와 내 품속으로 들어왔다.

"완전 싼 거야. 조끼에 바지, 탭댄스화까지 다 합쳐서 125달러라고."

엄마가 내 침대보를 내려다보더니 느슨하게 풀린 실밥을 잡아 뜯었다.

"저 아래 샐리 앤 가게에 가면 그 가격의 4분의 1만 주고도 그런 옷을 살 수 있어."

"하지만 뉴펀들랜드 타탄체크 무늬 바지와 조끼는 없잖아. 중고 탭댄스화를 신으면 재수가 없대."

엄마가 고개를 들었다.

"미안하지만 배리, 그건 너무 비싸."

배 속에서 성난 짐승이 으르렁거리는 것 같았다.

"다른 부모님들은 다 사 준다고."

"그건 센스 없이 돈을 쓰는 거고."

내가 눈망울을 사납게 굴렸다.

"여기서 센트가 왜 나와?"

"센트가 아니라 센스. 분별력 있다 할 때 센스 알지?"

나는 고드를 엄마에게 다시 안겨 주었다. 진짜 센스 없는 짓이 뭔지 보여 주려면 두 손을 다 써야 했다.

"그럼 사람 되긴 글러 먹은 아들한텐 최신식 하키 장비 사 주고, 장래가 유망한 아들한테는 성공에 꼭 필요한 것도 안 사 주는 부모가 센스 있는 거야?"

"피우스는 너랑 달라. 뭐든 끝까지 하잖아. 하지만 넌 아니지. 특별 활동부도 다 그만뒀잖니."

"내가 그만둔 게 아냐! 쫓겨났다고!" 내가 소리쳤다.

엄마가 고개를 설레설레 흔들었다.

"그놈의 성질머리 못 죽이면 제명에 죽지 못할 거야."

"그래서 지금 내가 죽었으면 좋겠다는 거야? 그 말이야?"

"엄마 말은 네가 화를 잘 다스렸으면 좋겠다는 거야."

"난 뉴펀들랜드 타탄체크 무늬 댄스복 갖고 싶어."

"너무 비싸."

"내가 돈을 벌 수도 있잖아."

"어떻게?"

"고드를 돌볼 테니까 돈 줘."

"그런 돈은 못 줘. 가족은 원래 서로 돌보는 거야."

엄마가 방에서 나오지 않았을 때가 더 좋았다는 생각이 들기 시작했다.

"하지만 내가 고드를 얼마나 잘 돌보는데. 오늘은 새로운 단어도 가르쳐 줬어."

"정말? 무슨 단어?"

나는 똥명청이 말고 다른 단어를 생각해 내려고 애썼다.

"방화."

"하나도 안 웃겨, 배리."

아차, 화재 사건을 깜박했다. 피우스 형은 술을 마시지 않았다고 했다. 하지만 미사가 끝나고 촛불을 끄기 전에 피우스 형이 성찬식 와인을 마셨다는 사실은 다들 알고 있었다. 몰리 신부님이 성구 보관실에서 타는 냄새를 맡고 소방서에 연락했다. 그 사건 이후 피우스 형은 복사를 그만둬야 했다. 그런데도 다들 나보고만 뭐든 끝까지 못하는 아이라고 한다.

엄마가 기저귀를 갈아 주려고 고드를 방으로 데려갔다. 나는 아래층으로 내려가 정면 창가에 앉았다. 커튼을 젖혀 놓은 채 힘든 하루 일을 마치고 집으로 돌아가는 사람들을 지켜보면 마음이 편안해졌다. 그때 반가운 냄새가 훅 밀려들어서 문으로 달려갔다. 아빠의 두 팔을 가득 채운 갈색 비닐봉지가 보였다. 봉지 바닥에 기름기가 묻어 있고, 김이 모락모락 피어올랐다. 봉지 안에 든 것은 바로 생선튀김과 감자칩이었다. 당장 먹고 싶어서 참을 수가 없었다.

"콜라 좀 들어, 배리."

식탁으로 가자 다들 냄새에 홀려 나와 있었다.

"뭐 축하할 일 있어? 6개월 전 내 생일 때 말고는 이런 거 먹은 적 없잖아." 피우스 형이 말했다.

"네 생일은 12월이었어. 다시 잘 생각해 봐." 실라 누나가 핀잔을 주었다.

피우스 형이 잠시 생각에 잠겼다.

"맞다, 4개월 전이다. 뭐야? 6개월이나 4개월이나 비슷하잖아."

실라 누나가 고개를 가로저었다.

"아휴, 우리 불쌍한 멍충이 피우스. 지금은 3월이야. 잘 모르겠으면 손가락으로 꼽아서 계산해 봐."

피우스 형이 손을 들어 올렸다.

"내가 이 손가락을 쫙 펼쳐서 뭘 할 거 같아? 누나 뺨을 찰싹 치는 거지."

"그만해, 둘 다." 아빠가 끼어들었다.

아빠가 엄마에게 미소를 지었다. 평온한 그 미소에 어떻게 된 일인지 단박에 알아차렸다. 축하할 일이 있었다. 엄마가 빨래를 널러 나왔으니까. 젤러스에 쇼핑을 갔다 왔으니까.

"잠깐. 다들 방금 피우스가 한 말 못 들었어? 내 뺨을 치겠다고 했다고. 날 때리겠다잖아!"

"바바다다!" 고드가 소리쳤다.

"제발, 좀 호들갑 떨지 마. 누나처럼 못생긴 얼굴은 아무리 때리기 좋아도 손가락 하나 안 건드릴 거거든."

"자, 자, 다들 그만하고 저녁 먹자꾸나." 할머니가 말했다.

"그건 그렇고 누나랑 코쟁이 밥이 학생회 일만 하는 게 아니라고 들었는데."

"입 닥쳐, 피우스."

"코쟁이 밥이 누구야?" 내가 물었다.

"밥 마이릭. 학생회 부회장이지. 코가 대성당만 하다고."

"피우스, 남 흉보는 거 좋지 않다." 할머니가 꾸짖었다.

"하지만 진짜 그렇다고."

엄마가 관자놀이를 문질렀다.

"난 이만 누워야겠어."

"나 노래할건데." 내가 불쑥 내뱉었다.

"노래?" 아빠가 반문했다. 나는 고개를 끄덕였다.

"노래 한 곡 부르고 싶어서."

"어유, 우리 이쁜 강아지. 무슨 노래니?" 할머니가 물었다.

나는 재빨리 머리를 굴렸다.

"아기 벨루가."

"아, 진짜 돌겠네." 피우스 형이 투덜거렸다.

엄마가 자리에서 일어났다. 나는 큰 소리로 노래를 불렀다.

"아~기, 벨~루~가!"

할머니가 혼이 쏙 빠진 표정을 지었다.

"주님의 은총을 받은 아이야. 천사의 목소리를 가졌다니까."

아빠가 엄마를 뒤따라가면서 내 머리카락을 헝클어뜨렸다.

"두말하면 잔소리죠."

나는 내 생선튀김에게 노래를 바쳤다.

"이제 그만 입 닥치시지." 피우스 형이 방해했다.

하지만 나는 그만두지 않았다. 할머니와 고드만 남을 때까지 계속 노래를 불렀다. 노래가 끝나자 관객 두 명이 박수를 쳤다.

"브라보, 브라보." 할머니가 환호했다.

"저도 이만 자러 갈래요."

"그래, 잘 자라, 우리 강아지."

나는 내 방으로 가면서 고드의 몇 가닥 안 되는 머리카락을 헝클어뜨렸다.

*

다음 날 아침, 맥그로 선생님 수업 시간에 교실로 들어갔다. 한창 단어 시험을 치는 중이었다. 맥그로 선생님이 교실 문을 가리켰다.

"우리 이야기 좀 할까?"

"좋아요."

나는 선생님 스웨터에 왜 팔꿈치 패치가 붙어 있는지 궁금했는데 이참에 물어봐야겠다고 생각했다.

복도로 나온 맥그로 선생님은 뒷짐을 진 채 앞뒤로 몸을 흔들거렸다.

"배리 스콰이어스, 너한테는 두 가지 문제가 있어."

"두 가지밖에 없어요?"

교장 선생님은 수천 가지 문제가 있다고 했다.

"첫째, 넌 항상 지각……."

내가 한 손을 들어 올렸다.

"잠깐, 잠깐만요. 지각하는 사람들은 옵토메트리스트래요. 그건 증명된 사실이라고요. 낙천성이 아주 뛰어난 사람들이죠."

"검안사(옵토메트리)가 다 낙천적인 건 아냐."

"그래도 저는 긍정적인 검안사가 될 수 있다는 말씀이죠?"

"네가 말하려는 낙천주의자는 옵토메트리스트가 아니라 옵티미스트야."

나는 어깨를 으쓱거렸다.

"에이, 비슷하네요. 둘 다 '옵'으로 시작해서 '트'로 끝나잖아요. 어쨌든 제가 하고 싶은 말은요. 지각하는 사람이 게으르거나 무례한 게 아니라고요. 시간이 많이 있다고 긍정적으로 생각하기 때문에 지각하는 거예요."

맥그로 선생님이 턱을 문질렀다.

"흠, 흥미로운데."

"뭐가요?"

맥그로 선생님은 다시 뒷짐을 지고는 몸을 앞뒤로 흔들었다.

"넌 지난 6개월 동안 내 수업 도중에 매번 나가 버렸어. 긍정적인 사람이라면 모든 수업을 끝까지 듣지 않겠니? 교육은 매우 중요해서 받으면 받을수록 점점 나아진다고 생각할 테니까."

나는 고개를 끄덕였다.

"그게 두 번째 문제네요."

"그래, 그게 문제지."

나도 선생님을 따라 턱을 문질렀다.

"흥미로운데요."

"뭐가?"

"쌤은 제가 긍정적이지 못해서 '교탈'한다고 생각하시나 본데 흥미롭게도……."

"'교탈'은 사전에 없는 단어야."

"지금이야 없지만 쌤도 '교실 탈출'이란 뜻으로 사전에 실려야 한다고 생각하실걸요."

맥그로 선생님이 눈망울을 사납게 굴렸다.

"조심하세요, 쌤. 자꾸 그러다가는 사팔뜨기 돼요."

"그럴 일 없으니 걱정 마라."

"진짠데 모르세요? 토마스 버젤의 아빠의 여동생의 딸이 그렇게 됐대요."

"그냥 토마스 버젤의 사촌이라고 해라."

맥그로 선생님은 쉬운 것도 꼭 어려운 말로 해야 직성이 풀리는 것 같았다. 나는 어쩔 수 없지 하는 미소를 지었다.

"쌤이 정 원하신다면야 뭐."

나도 선생님처럼 뒷짐을 지고 몸을 앞뒤로 흔들거렸다.

"자, 이제 제 말 좀 끝까지 들어 주세요. 사실 제가 긍정적이지 못해서 선생님 수업 시간에 뛰쳐나가는 게 아니에요. 다 선생님 때문이죠. 놀라셨죠? 선생님은 학생 간 활동을 존중할 줄 모르는 게 문제예요. 제가 반 친구와 한창 의미 있는 대화를 하는데 계속 조용히 하라고 하는 건 진짜 무례한 행동이라고요."

"배리……."

나는 한 손을 들어 올려 선생님을 저지했다.

"또 이렇게 끼어드시잖아요. 정말 구제 불능이라니까요. 자꾸 절 잘난 척 대마왕이라고 부르는 고약한 버릇도 좀 고치세요. 아, 물론 제가 잘났으니까 잘난 대왕이라고 부를 순 있죠. 하지만 제가 어머니 자궁에서 쫓겨났을 때 받은 사랑스러운 이름을 놔두고 자꾸 그렇게 부르시면 문제가 된다니까요."

맥그로 선생님이 팔짱을 꼈다.

"다 끝났니?"

"아직이요. 질문 하나 해도 될까요?"

뭔지 궁금하다는 표정이 선생님 얼굴에 떠올랐다.

"물론이지."

"쌤 팔꿈치 패치요. 무릎 꿇고 기도를 많이 하면 바지 무릎 부분에 구멍이 날 수도 있겠죠. 근데 팔꿈치에 구멍이 나다니 대체 이유가 뭐죠?"

맥그로 선생님이 베이지색 울 스웨터의 스웨이드 가죽 패치를 쓰다듬었다.

"마음에 안 드니? 교수 같아 보일 것 같아서 붙였는데."

"교수가 거지랑 같은 뜻이라면 효과 짱이네요."

맥그로 선생님 표정이 시무룩해졌다.

"이거 아주 비싸게 주고 산 스웨터야."

"쌤, 센스 없이 돈 쓰는 건 자제하셔야겠네요. 너무 고깝게 듣지는 마시고요."

맥그로 선생님이 한숨을 쉬었다.

"그래도 신발은 멋져요. 진짜 최고예요."

별로 특별할 것 없는 신발이었지만 나는 선생님 기분을 띄워 주려고 칭찬을 퍼부었다.

맥그로 선생님 얼굴에 미소가 피어났다.

"고맙구나, 배리. 그건 그렇고 내가 널 불러낸 건……."

"알아요. 알아. 제가 끔찍한 아이라서 문제가 한두 개가 아니라는 거 잘 알죠. 하지만 쌤만 그렇게 생각하는 거 아니니까 걍 신경 끄세요."

나는 천장을 올려다봤다. 천장의 물 얼룩이 날 비웃는 하느님 얼굴 같았다.

"너도 알겠지만 선생님도 어느 정도는 낙천주의자야."

그때 부스럭거리는 소리가 들려서 시선을 아래로 내렸다. 선생님이 쥐고 있는 반투명한 종이에 싸인 파스텔 톤 파란색 사탕이 보였다. 시내 관광 기념품점에서 파는 사탕이었다.

"보상이 좀 있어야 좋을 것 같은데. 수업을 끝까지 들을 때마다 솔트워터 사탕을 하나씩 주마. 어때?"

입에 침이 고였다.

"좋아요." 나는 선생님과 악수하면서 말했다.

"고마워요, 쌤. 이 아름답고 '웅방한' 섬을 둘러싼 바닷물로 만든 색색 사탕이라니. 최고의 보상이에요."

맥그로 선생님이 날 유심히 쳐다보았다.

"'웅방한'이 무슨 말인지 모르겠다만 넌 정말 단어를 갖고 놀기 좋아하는구나. 없는 말을 자꾸 지어내서 애매할 뿐이지. 그 실력이면 내 수업 시간에도 잘할 수 있어. 집중해서 수업을 듣기만 하면 돼."

말이 쉽지 그게 어디 쉬운 일인가! 내 머릿속은 바람 나오는 기계가 돌아가는 게임 쇼 같았다. 게임 쇼를 보면 참가자들이 날아다니는 지폐를 최대한 많이 잡으려고 사방팔방으로 뛰어다닌다. 내 머릿속의 생각도 날아다니는 지폐 같았다. 온갖 생각들이 사방으로 날아다녔다. 그중 하나를 잡으려고 하지만 또 다른 생각들이 연이어 날아오른다. 그중에서 뭐가 더 나은지 어떻게 알 수 있겠는가? 차라리 그냥 다 날아가 버리게 놔두는 게 나았다.

"맥그로 쌤?"

"응?"

"이 말은 꼭 하고 싶은데요. 너무 가난해서 새 옷을 못 사고 구멍난 스웨터를 기워 입었지만 그래도 쌤은 참 좋은 분이세요."

"그렇게 말해 주니 참, 친절하기도 하구나."

종소리가 복도에 울려 퍼졌다.

"이런! 집중해서 수업 듣는 건 다음에 해야겠네요."

맥그로 선생님이 한숨을 내쉬었다.

"그러게 말이다."

내가 멀리 걸어가는데 선생님이 크게 소리쳤다.

"참, 솔트워터가 바닷물이란 뜻이라고 솔트워터 사탕이 진짜 바닷물로 만든 건 아니란다."

"아마 그렇겠죠. 하지만 진짜 그렇게 만들어야 할걸요."

*

쉬는 시간에 교장실에서 수업 시간에 놓쳤던 단어 시험을 쳤다. 그 즉시 내 머릿속에서 군인들이 전투를 시작했다. 뭐가 무슨 뜻인지를 놓고 싸웠다. 총검을 치켜들고서 내 머릿속에 둥둥 떠다니는 단어 뜻을 푹푹 찔러 댔다. 내 자신감도 명중시켜 산산조각 냈다. 군인들이 내 두개골 가장자리로 행진했다. 군인들은 시원한 공기에 행복한 얼굴이 발그스름하게 건강해지는 바깥으로, 놀이터로 나가고 싶어 했다.

"집중해, 배리." 머클 교장 선생님이 질책했다.

나는 연필을 아작아작 씹었다.

"3차 세계 대전 중에 집중하려고 노력해 보세요. 되는지."

나는 두 문제를 더 풀고 나서 뛰쳐나왔다. 주디 쌤에게도 말했지만 휴식은 하느님이 주신 나의 권리니까.

*

학교에서 집으로 걸어가는 길이었다. 갑자기 단어 시험에 나왔던 'fluke'의 뜻이 생각났다. '공부 안 하고 단어 시험에 통과하는 행운'이 아니라 '기생 편충'이었다. 내 실수를 깨우쳐 준 은인은 뿌연 안개였다. 얼굴에 안개가 닿는 순간 기운이 샘솟고 모든 것이 선명해졌다. 안개는 내 두뇌를 단박에 작동시키는 스위치였다. 물과 전기는 상극인데 참으로 기이한 일이었다.

어쩌면 안개를 내다 팔 수 있지 않을까? 요크 대로 주변을 돌아다니며 빈 스프레이 병을 모아서 '세인트존스 안개'라고 라벨을 붙이는 거야! '한 방에 머리를 맑게 해 줘요! 마음에 안 들면 환불해 드립니다!'라고 광고 문구까지 적어서. 병마다 안개를 가득 채워 관광 기념품점에 파는 거야. 한 병당 5달러 받고. 야호, 금방 백만장자가 되겠는걸!

나는 거리 모퉁이에 들러 스티븐에게 내 계획을 전부 다 말했다.

"스콰이어, 넌 백만장자는 못 될 거야. 억만장자가 될 테니까. 빵과 꿀이 넝쿨째 굴러 들어올걸."

"진짜 빵과 꿀이 아니라 돈이 들어온단 말이죠? 제가 언어 능력자가 되고 있어요!”

나는 발바닥에 스프링을 단 것처럼 통통 튀어 집에 도착했다.

“엄마! 스프레이 병이 필요해요. 당장이요.” 문을 박차고 들어가면서 소리쳤다. 하지만 할머니 얼굴에 다 적혀 있었다.

‘미안하구나, 우리 강아지. 엄마는 다시 방에 들어갔어.’

안개가 흔적도 없이 사라져 버렸다.

“하지만 빨래 널기 좋은 날인데요.”

할머니가 미소 지었다.

“호르몬이라는 게 참 재미있지.”

“하나도 재미없어요.”

할머니가 흔들의자에서 일어났다.

“스프레이 병을 찾아 주마.”

“됐어요.”

나는 위층으로 올라갔다.

고드는 옆으로 누워 자고 있었다. 나는 바닥에 앉아 아기 침대 난간에 기댔다. 고드의 통통한 볼 살이 축 늘어졌고, 험티덤티 아기 침대 시트에는 침이 흥건하게 묻어 있었다.

이해할 수가 없었다. 엄마는 빨랫줄을 보고 행복해 하면서 왜 고드의 얼굴을 보고는 행복을 느끼지 못할까?

나는 아기 침대 난간 틈새로 손을 넣어 고드의 팔을 잡았다.

“일어나, 고드. 말썽 피우러 갈 시간이야.”

나는 침대에서 고드를 안아 올렸다. 묵직한 느낌, 이거면 충분했다. 고드의 숨결을 들이마셨다. 고드는 기저귀가 푹 젖어 있어도 뿌리칠 수 없는 향기가 나는 꽃이었다.

할머니가 기저귀를 갈아 주었다.

"너무 멀리 가지 마."

"멀리 안 가요."

"한 시간이야."

"알아요, 알아."

고드의 배변 간격은 한 시간이었다. 할머니도 고드가 더러운 기저귀를 깔고 앉아 있는 게 싫겠지만 나도 냄새 나는 아기를 데리고 다니고 싶지 않았다. 고드야 아무래도 상관하지 않겠지만.

"내가 안아 볼게."

우리가 스티븐의 구역에 도착했을 때 절름발이 스티븐이 말했다.

나는 할머니의 롤빵을 건네주듯 고드를 건네주었다.

"자, 받아요. 꼭 잡아요."

그때 스티븐의 침낭이 보였다.

"어젯밤에 여기서 잤어요?"

스티븐이 고개를 끄덕였다.

"보호소에서 페르시안 러그 때문에 싸움이 일어났거든."

무슨 말인지 해석하는데 시간이 좀 걸렸다.

"허그요? 서로 포옹하는 거?"

스티븐이 고개를 가로저었다.

"언어 능력자가 되고 있다며?"

"되고 있는 거지 아직 된 건 아닌가 봐요."

"마약이라는 뜻이야. 짭새들이 떴을 때 난 나왔지."

"경찰 말이죠? 봐요? 이제 좀 알아듣잖아요."

스티븐의 눈에 눈물이 차올랐다.

"맙소사, 뭘 그렇게까지 감동하고 그래요."

그때 무슨 일인지 깨달았다.

"고드! 그 수염 놔!"

고드는 말을 듣지 않았다. 생후 12개월에서 15개월 사이의 아기들은 간단한 지시도 따르지 못한다. 나는 미지의 털 숲으로 손을 넣어 고드의 손가락을 풀어냈다.

스티븐이 턱을 문질렀다.

"고마워, 스콰이어."

우리는 산책을 계속 했다. 프레드 아저씨의 레코드 가게 앞 인도에 유모차를 세워 놓고 나 혼자 안으로 들어갔다. 가게 앞 유리창에딱 붙어 서서는 유리에 입술을 대고 볼을 부풀렸다가 입김을 불었다. 고드가 까르르 웃음을 터트렸다.

"유리창에 침 묻히지 마라." 카운터에 있는 남자가 말했다.

"제 동생이에요. 살날이 몇 달밖에 남지 않아서 마지막으로 웃게

해 주려고 이러는 거예요." 내가 창밖을 가리키며 말했다.

남자가 윈덱스 유리 세정제와 걸레를 들고 다가왔다.

"그런 농담은 하면 안 돼."

"농담 아니에요. 거짓말이죠."

나는 유리 세정제를 가리켰다.

"그거 다 쓰면 병은 저 주실래요?"

남자가 어깨를 으쓱거렸다.

"그래. 근데 뭐 하려고?"

"세인트존스 안개를 넣어서 저한테 팔려고요."

"너한테 판다고? 그거 아주 끔찍한 사업 계획인데."

남자가 유리 세정제를 내려놓고 한 손을 내밀었다.

"난 토니야."

나는 악수를 받아 주지 않고 노래를 불렀다. 그러고는 마지막에 토니에게 양손가락으로 총알을 날리는 동작으로 마무리했다.

"넌 참 이상한 녀석이구나."

"고드에게도 항상 이렇게 노래를 불러 줘요."

내가 창밖을 내다보았다.

"맙소사, 안 돼!"

나는 굴러 내려가는 고드를 잡으려고 밖으로 뛰쳐나갔다.

"누가 아기 좀 잡아 줘요!"

나는 간신히 고드의 유모차를 잡아챘다.

"울지 마, 고드."

하지만 고드는 울지 않았다. 달콤하고 사랑스럽게 웃고 있었다. 나도 웃었다.

"넌 진짜 못 말리는 녀석이야, 고드."

우리는 티셔츠와 기념품이 가득한 관광 기념품점을 지나 계속 걸었다. 세인트존스 안개가 관광 기념품점 진열창에 전시되는 모습을 그려 보았다. 대박 상품이 될 만했다.

항구로 내려가자 고층 빌딩 애틀랜틱 플레이스만큼 커다란 유람선 한 대가 보였다. 아일랜드와 플로리다, 뉴욕에 갔다 온 유람선이었다. 관광객들이 봄 날씨를 기대하지는 말아야 할 텐데. 오늘은 하얀 입김이 보일 정도로 추웠다. 고드와 나는 줄지어 내려오는 승객들에게 미소를 지었다.

"진짜 뉴펀들랜드를 경험해 보고 싶으면 케인스 가게에 가 보세요. 부 아저씨가 뉴펀들랜드 전통 음식을 만들어 주거든요." 내가 승객들에게 말했다.

노란색으로 위아래를 맞춰 입은 할머니가 멈춰 서서 물었다.

"뉴펀들랜드 전통 음식은 어떤 거니?"

"소금에 절인 쇠고기에 양배추, 감자, 순무, 당근을 넣은 요리요. 모두 다 한데 넣어서 끓이면 짭조름하고 맛있는 요리가 되죠."

노란 옷 할머니가 남편에게 미소를 지었다.

"뉴피들이 참 친절하네요."

우리 할머니는 '뉴피'라는 말을 싫어했다. 뉴펀들랜드 사람을 뉴 피라고 부르는 건 욕이라고 했다. 하지만 엄마는 별로 신경 쓰지 않 았다. 노란 옷 할머니에게 뉴피라는 말을 싫어하는 사람도 있으니 까 조심하시라고 말하려는데 할머니 남편이 5달러짜리 지폐 한 장 을 내밀었다.

"옜다, 받아라."

나는 돈을 받아 주머니에 넣었다. 케인스 가게에서 사탕 사 먹을 돈이면 노란 옷 할머니 예절 교육쯤은 생략할 수 있었다. 나는 노란 옷 할머니 남편에게 윙크를 했다.

"감사합니다, 대장."

유람선 옆에는 남색 전시용 선박이 있었다. 하지만 '아동은 보호 자 동반 시 탑승 가능'이라는 표지판이 보였다. 나는 고드를 데리고 파란 눈의 4인 가족 뒤쪽에 재빨리 따라붙었다. 그렇게 건널 판자 를 지나가는데 웬 남자아이 한 명이 내 뒤에 붙었다. 남자아이의 갈 색 피부가 눈에 들어왔다.

"꺼져. 너 때문에 들키겠어."

"너나 꺼져. 난 나 하고 싶은 대로 할 거니까."

나보다 뉴펀들랜드 억양이 강했다.

"미안, 난 네가……."

"알아. 내 피부색 보고 난민으로 착각했겠지. 그게 바로 고정관념 이라는 거야. 아까 네가 관광객한테서 뜯어낸 돈 좀 나눠 주면 용서

해 주지."

나는 이 녀석이 마음에 들었다. 간사한 게 나처럼 진짜 교활한 녀석이었다.

"여기 둘러보고 나서 케인스에 같이 갈래? 닭고기 구이칩 한 봉지 사 줄게."

"탄산음료도 한 병 사 주면 갈게."

나는 남자아이에게 윙크했다.

"좋아."

금발 머리 4인 가족이 상갑판으로 향했다.

"빨리 와. 엄마 아빠가 찾겠어."

남자아이가 말했다. 나는 웃음이 났다.

"누가 봐도 네가 진짜 저 사람들 가족인 줄 알겠는데."

"뭐, 상관 안 해. 쫓겨나면 쫓겨나는 거지. 이것 말고도 할 게 많거든."

내가 싱긋 웃었다.

"난 핀바 배리야. 배리라고 불러 줘."

"난 사이볼. 사이볼 샤르마야.

"싸이? 너 그럼 강남 스타일 말 춤도 추냐?"

"아니, 나는 발리우드(봄베이와 할리우드의 합성어) 스타일이야!"

"하! 센스 있는데?"

나는 고드를 유모차에서 안아 들려고 했다.

“형아한테 와, 우리 뚱보.”

사이볼이 도와주었다.

우리는 상갑판 계단을 올라가면서 노래를 불렀다. 그때 우리 앞에 찌푸린 얼굴이 나타났다.

해군 아저씨 한 명이 우리를 노려봤다.

“좀 조용히 해 줄래? 여기서 설명회를 하려고 하거든.”

내가 잽싸게 경례를 했다.

“아, 네, 선장님.”

설명회는 지루했다. 사이볼은 눈을 데굴데굴 굴렸다. 나는 하품하는 척했다. 해군 아저씨가 질문이 있는지 물었다. 나는 손을 번쩍 들었다.

“길고 단단하고 조준 잘해야 하는 건 뭘까요?”

갑자기 침묵이 떨어진 갑판 위로 사이볼의 코웃음 소리만 들렸다.

“적절하지 못한 질문이구나.” 해군 아저씨가 말했다.

“뭐가 적절하지 못하다는 거죠? 잠수함을 말하는 건데요.” 사이볼이 말했다.

나는 고드에게 아기 목소리로 속삭였다.

“속이 엉큼한 사람들이 있나 봐. 그지, 고드?”

해군 아저씨가 으르렁대듯 말을 뱉었다.

“부모님 어디 계시니?”

나는 근처에 있는 4인 가족을 쳐다봤다. 4인 가족의 아버지가 시선을 피했다.

"아빠, 어떻게 그럴 수 있어요?" 내가 연극조로 말했다.

해군 아저씨가 우리 쪽으로 다가왔다.

"도망쳐!" 사이볼이 외쳤다.

우리는 계단을 달려 내려갔다. 빠르게 도망치는 와중에도 사이볼이 유모차를 낚아챘다. 멀리 도망쳐 나왔을 때 사이볼이 유모차를 내려놓았다.

"야, 이제부터 널 나의 우상으로 받들겠어."

사이볼은 감동받은 표정이었다.

우리는 고드를 유모차에 태우고 워터 거리로 향했다. 전쟁 기념비 앞에서 사이볼이 멈춰 섰다.

"잠깐만."

사이볼은 관광객 두 명에게 다가가 노래하듯 말했다.

"불쌍한 난민에게 동전 몇 푼 적선해 주실 수 있나요? 배가 너~무 고파요."

사이볼은 동전을 한 움큼 쥐어 들고 돌아왔다.

"이야, '너~무'를 좀 더 굴려서 발음했다면 혀가 끊어졌겠는데."

"아니, 내 언어 실력이 얼마나 좋은지 몰라서 그러는구나. 내 혓바닥은 너무 두꺼워서 톱이 있어야 끊어 낼 수 있어."

케인스에 도착하자 부 아저씨가 관광객들을 보내 줘서 고맙다며

20센트를 깎아 줬다. 사이볼은 적선 받은 잔돈으로 칠면조 스프 한 그릇을 사더니 밖으로 나가 길모퉁이에서 구걸하는 여자에게 건네주었다.

우리는 전쟁 기념비 근처의 차가운 갈색 잔디 위에 앉았다. 사이볼은 고드를 자기 무릎에 앉혔다.

"아까 보니까 고정관념을 이용해서 관광객들한테 돈을 뜯어내던데." 나는 탄산음료를 따면서 말했다.

"야, 날 난민으로 생각하는 사람이 있다면 이용하고 봐야지."

"여기 사람들은 그런 생각 안 해."

사이볼이 내민 닭고기칩 한 조각을 고드가 핥았다.

"넌 했잖아."

"아니, 안 했거든."

"아니, 했어. 아까 나한테 꺼지라고 했을 때 손가락으로 걸어가는 모양을 만들었잖아. 내가 말을 못 알아듣는 줄 알고 말이야."

"내가 그랬다고?"

사이볼은 고드가 핥아 먹은 닭고기칩 한 조각을 고드 입에 넣어주었다.

"응."

"아, 그랬다면 미안해. 하지만 뉴펀들랜드 사람들은 보통 다른 인종을 색안경 끼고 보지 않는다고."

"부탁이 있는데 말이야. 뭣도 모르면서 이 무색한 동네에서 유색

인종으로 살아가는 게 어떤지 아는 척 하지 마."

"하! 무색, 유색, 색, 색으로 라임을 맞췄네?"

사이볼이 싱긋 웃었다.

"내가 시인이거든. 일부러 라임을 맞춘 것도 아닌데 그렇게 됐네."

내가 웃었다.

"그건 그렇고 날 배리라고 불러 줘."

"그냥 핀바라고 부를게."

"왜?"

사이볼이 마지막 남은 탄산음료를 들이켰다.

"날 우상으로 받들 사람은 핀바밖에 없거든. 배리는 그 정도로 안목이 뛰어나지 못해."

"좋아. 핀바라고 불러."

나는 일어나면서 먼지를 털어 냈다.

고드를 유모차에 태우고는 사이볼에게 쓰지도 않은 모자를 기울여 인사하는 시늉을 했다.

"이만 헤어져야겠는걸. 내일 또 볼까?"

사이볼이 미소 지었다.

"여기서 기다릴게."

4장

집에 돌아와 〈리버 댄스〉를 열 번 보고 나자 더 이상 볼 필요가 없겠다 싶었다. 아일랜드 스텝 댄스의 기술적 측면은 완전히 터득했으니까. 이제는 균형을 잡고 민첩하게 움직이는 연습을 해야 했다. 엄마는 증조할머니 찻잔을 하나만 더 깨뜨리면 내 발을 바닥에 못 박아 버리겠다고 협박했다.

"잔 하나 깨뜨렸다고 날 못 박겠단 말야?"

내가 이렇게 항의하자 엄마가 대답했다.

"그건 본차이나 찻잔이야."

날렵하면서도 우아하게 춤추려면 의상도 필요했다. 나는 할머니 옷장으로 향했다. 가능성이 무궁무진한 곳이었다. 레이스 의상은 내 머릿속에 박혀 지워지지 않았다. 나는 소매에 주름 장식이 달린 하얀색 블라우스를 입어 보았다. 아래쪽 단추 몇 개를 풀고는 블라우스 양쪽 끝자락을 잡아 배꼽 위에서 묶었다. 그러자 대담하다고밖에 할 수 없는 의상으로 변신했다. 단추 하나가 떨어져 나갔지만괜찮았다. 예술가는 경계를 깨부수는 사람이라고 할머니가 말씀하셨다. 깨부수는 데는 또 내가 선수였다.

마이클 플래틀리는 절대 케이마트에서 산 폴리에스테르 바지를입지 않는다. 그래서 이번에는 실라 누나의 옷장을 급습해 검정색레깅스를 영구 대여했다. 레깅스를 보는 순간 내 평생 처음으로 여자가 부러웠다. 여자가 되면 생리에 생리통까지 견뎌야 하고 대형기저귀에 브래지어도 차야 하지만 레깅스를 입는다고? 레깅스는제2의 피부 같았다. 기적의 슈퍼 쭉쭉이 레깅스만 있으면 나의 불가능한 꿈도 가능한 현실로 만들 수 있었다. 나, 핀바 T. 스콰이어스가 댄스 역사상 최고의 쫄쫄이를 입고서 공연을 성공리에 마무리할것이다.

이제 어젯밤에 생각해 낸 훈련 프로그램을 시험해 볼 차례였다.진짜 근사하고 혁신적인 훈련법이었다. 언젠가는 동영상으로 촬영해서 다른 댄서들에게 소개해 줘야지. 그렇게 좋은 비밀 병기를 나혼자만 알고 있을 수는 없지 않은가? 하지만 검증되지 않은 겁나 멋진 훈련 아이디어를 대중에게 알리는 일은 나중으로 미뤄야 했다.지금은 일생일대의 공연을 준비해야 하니까.

나는 지하실로 내려가 댄스 업계를 발칵 뒤집어 놓을 댄스화를 착용했다.

바로 바로 아이스하키용 스케이트. 나는 스케이트를 신고서 빙글빙글 돌았다. 스케이트 날이 콘크리트 바닥에 부딪쳐 만족스러운 소리를 냈다. 처음에는 살짝 비틀거렸지만 10바퀴째 돌자 상당히 안정적으로 걸을 수 있었다. 할머니가 신는 정형 신발 같은 느낌이었다. 외발로 40초 동안 서 있다가 발을 바꿨다. 그러자 복부와 엉덩이 근육이 놀랄 정도로 바짝 조여들었다.

댄서들에게 아주 효과적인 훈련 프로그램이 분명했다. 스케이트 한 벌이야 누구나 구할 수 있는 데다 5분만 해 봐도 효과가 느껴지는 훈련 프로그램 아닌가! 이름만 정하면 되는데. 나는 둥글게 돌면서 생각에 잠겼다. 사람을 확 잡아끄는 강력한 이름이 필요해. 그래 그거야!

레알 댄서 전용 균형 감각 안정성 훈련Balance and Stability Training Academy 4 Real Dancers 줄여서 BASTARD, 악마의 훈련 프로그램.

마지막으로 드레스 리허설이 필요했다. 이 빛나는 나의 재능을 지하실에서 썩힐 순 없지 않은가?

실라 누나의 휴대용 CD 플레이어를 들고서 계단을 올라갔다. 그러고는 깨지기 쉬운 중국제 찬장이나 찻잔이 없는 도로로 나갔다. 일이 아주 잘 풀릴 것 같았다. 아이스하키용 스케이트를 신고 아일랜드 스텝 댄스를 추다가 빌리 월쉬한테서 영구 대여할 탭댄스화를 신으면 날아갈 듯 춤추지 않겠는가!

옆집 꼬맹이 렌이 지켜보는 가운데 나는 도로 한가운데에 자리를 잡았다. 나는 렌에게 윙크했다.

"어이, 꼬맹이, 잘 봐."

CD 플레이어 재생 버튼을 눌러 놓고 시작 자세로 투우사 포즈를 취했다. 어떤 음악이든 상관없기 때문에 아무거나 음악이 흘러나오길 기다렸다. 마이클 잭슨의 〈스릴러〉가 스피커를 찢을 듯 시끄럽게 터져 나왔다. 나는 코디 네 집 앞에서 머천트 네 집 앞까지 문 워크로 미끄러지듯 나아갔다. 스케이트 날이 노면을 긁으면서 못으로 칠판을 긋는 것 같은 소리가 났다. 나는 꼬맹이 렌에게 음악 소리를 조금 더 높여 달라고 했다. 이웃들이 집 앞에 나와 섰다. 나는 양팔을 옆구리에 올린 채 힘차게 스텝을 밟았다. 팝의 황제에게 경배하는 뜻으로 아일랜드 댄스 동작에다 가랑이 잡기 동작과 궁둥이 밀어내기 동작을 섞어 넣었다. 마지막으로 하늘을 잡아다 가슴에 가두는 동작을 선보였을 때 2층 창문을 가득 채운 얼굴들이 보였다. 맙소사, 미소 짓는 얼굴들이었다. 나 혼자서 댄스 업계의 경계를 때려 부수었을 뿐만 아니라 요크 대로 사람들에게 행복을 가져다주었다.

이제 화려하게 마무리할 순간이었다. 나는 음악이 끝나기를 기다렸다. 그때였다.

찌~이~익. 최고의 쫄쫄이가 최고로 시끄럽게 쫙~ 찢어졌다! 엉덩이 부위의 찢어진 틈새로 시원한 바람이 쏴~ 스며들었다. 나는 재빨리 무릎을 꿇고 앉아 미소를 지었다. 침묵에 이어서 비명 소리가 터져 나왔다.

"야, 너, 내 스케이트 당장 벗어!"

돌아보니 피우스 형이 다가오고 있었다. 형의 얼굴에 서린 분노가 경악으로 변해 갔다.

"너 대체 뭘 입고 있는 거야?"

나는 자세를 바꿔 엉덩이 걷기로 도망치려고 했다. 하지만 피우스 형이 스케이트 날을 잡은 채 날 끌고 가기 시작했다.

"형! 멈춰! 엉덩이 다 긁힌단 말야!"

피우스 형은 날 인도에 끌어다 놓고 사납게 스케이트를 벗겨 냈다.

"배리, 창피하게 이게 무슨 꼴이야. 넌 정말 못 말리는 녀석이야."

나는 신발도 없이 피우스 형을 따라 집으로 들어갔다. 할머니와 고드가 문간에 있었다. 할머니가 박수를 치기 시작했다. 역시나 내가 사랑하는 우리 할머니답다! 한 사람이 박수를 치기 시작하면 언제나 다른 사람들도 하나둘 박수를 치기 시작하는데. 나는 주위를 둘러보았다. 한 무리의 이웃들이 멀뚱히 서 있을 뿐이었다.

할머니의 박수 소리가 희미해져 갈 때 나는 고개 숙여 인사했다. 쇼 비즈니스의 첫 번째 규칙이 바로 무대 뒤에서 땀 흘리는 모습을 절대 보여 주지 않는 것이니까. 배꼽 깊숙한 곳에서는 으르렁거리는 짐승이 날뛰고 있었지만 겉모습은 침착하기 짝이 없었다. 나는 마지막으로 윙크하고 손을 흔들어 주고는 집 안으로 들어갔다. 집에 들어가자마자 피우스 형에게 주먹을 휘둘렀지만 형이 내 팔을 잡았다.

"워워, 진정해." 피우스 형이 내 팔을 더욱 세게 잡으며 말했다.

"형이 내 공연을 망쳤어."

"넌 내 스케이트 날을 망쳐 놨어."

"내 꿈을 현실로 만들려는 중이었다고."

피우스 형이 내 팔을 툭 밀어 떨쳐 냈다.

"해적 차림에 아이스하키용 스케이트를 신고 춤추는 게 네 꿈이야?"

"연습 중이었다고. 성공은 하룻밤 사이에 찾아오지 않아."

"넌 댄서가 못 돼, 배리. 리듬 감각도 엉망이고, 확 끄는 무언가도 없고."

"그게 무슨 막말이야!" 내가 소리쳤다.

"바바바바~ 다다다다!" 고드도 소리쳤다.

"쉬~ 엄마가 쉬고 있어." 할머니가 고드를 어르면서 말했다.

실라 누나가 양팔에 책을 한 아름 안고 들어왔다.

"그거 혹시 내 레깅스야?"

"아냐." 나는 고개를 가로저으며 말했다.

실라 누나가 더욱 가까이 다가왔다.

"맞는데 뭐. 네가 내 레깅스를 입다니 눈으로 보고도 못 믿겠다."

"누나가 무슨 말 하는지 모르겠어."

실라 누나가 내 가랑이를 가리켰다.

"윽, 저걸 어째. 내 레깅스 다 늘어나잖아."

"뒤쪽도 살펴보는 게 좋을걸. 엉덩이를 찢어 먹었거든." 피우스 형이 일러바쳤다.

"엄마! 배리가 내 레깅스를 망쳐 놨어!" 실라 누나가 소리쳤다.

"쉬." 할머니가 주의를 주었다.

"셔츠는 할머니 거라고!" 피우스 형도 소리쳤다.

"제발, 제발, 애들아 조용히 좀 해." 할머니가 말했다.

하지만 우리는 그러고 싶지 않았다.

"아아아아아아아아아!" 나는 더 크게 소리를 질렀다.

우리는 천장을 쳐다봤다. 잠시 후에 침대가 삐걱거리는 소리가 났다. 우리는 엄마가 "하느님, 성모 마리아님, 요셉 님, 애들아, 제발 좀 그만해" 하고 소리치기를 기다렸다. 하지만 고요한 침묵만이 내려앉았다.

실라 누나와 피우스 형의 시선이 바닥으로 떨어졌다. 나는 목청을 가다듬고 엄지를 허리춤에 꽂았다.

"너 뭐하는 거야?"

실라 누나가 눈을 들었다.

"레깅스 돌려받고 싶지 않아?" 내가 말했다.

"이런, 아주 난리구나." 할머니가 한탄했다.

나는 엉덩이를 이쪽저쪽으로 실룩거렸다. 실라 누나는 손으로 눈을 가렸다.

"제발 하지 마."

하지만 나는 레깅스를 발목까지 내렸다.

피우스 형이 싱긋 웃었다.

"너 진짜 미친 녀석이구나."

나는 한 발, 이어서 또 한 발을 빼냈다.

"자, 여기 있어. 가져가고 싶다며? 가져가 봐." 내가 레깅스를 실라 누나에게 내밀며 말했다.

누나가 눈을 가렸던 손을 치웠을 때 나는 레깅스를 올가미처럼 공중에 빙글빙글 돌렸다. 엉덩이도 같이 빙글빙글 돌리면서.

"윽, 배리, 그만해!" 누나가 소리쳤다.

"우아, 저게 뭐야? 쟤 팬티에도 구멍 났잖아."

다들 웃음을 터트렸다. 내 목적은 달성한 셈이었다. 내 아랫도리를 희생해서라도 모두에게 웃음을 선사할 수 있다면 그것으로 만족했다.

나는 레깅스를 두 번, 세 번, 네 번 더 돌리다가 손에서 놓았다. 레깅스가 하늘로 날아올랐다가 실라 누나의 머리 위에 떨어졌다. 우리 모두 시끄럽게 웃어 젖혔다. 고드도 함께. 엄마가 위층에서 듣고 있는지 궁금했다. 우리 웃음소리를 들었다면 좋겠다. 엄마가 무엇을 놓치고 있는지 깨달았으면 좋겠다.

*

테이크아웃 식사는 엄마가 요리하기 싫어한다는 뜻이다. 그래도 할머니와 아빠는 크게 신경 쓰지 않고 어쩌겠냐는 듯 양손을 으쓱 들어 올렸다. 나머지 가족들은 설령 목숨이 달린 일이라 해도 요리하는 법을 모르는 인간들이었다. 실제로 목숨이 달린 일이기도 했다. 먹지 못하면 죽으니까. 엄마가 원하는 게 그걸까? 죽고 싶은 걸까? 거의 먹지도 않았으니까.

오늘 아침에 엄마가 먹은 거라곤 치리오 세 조각뿐이었다. 내가 데려온 고드를 안아 주면서 고드의 턱에서 떼어 내 먹은 것이었다. 엄마가 고드를 보고 환하게 미소 지었을 때 나는 흥분을 감출 수 없었다. 하지만 돌이켜 보면 그렇게 호들갑 떨 일도 아니었다. 사악한 서쪽 마녀가 아닌 이상 고드를 보고도 미소 짓지 않을 사람은 없으니까.

나는 앞쪽 창가에 앉아 들락날락하는 이웃 사람들을 지켜보다가 옆쪽 사이드 테이블에 있던 덮개를 집어 들어 머리에 썼다. 아빠 차가 툴툴거리며 다가와 멈춰 섰다. 나는 커튼을 내리고 기다렸다. 잠시 후, 아빠가 들어왔다. 케인스에서 칠면조 요리 6인분을 사 들고.

"머리에 그게 뭐니?" 내가 테이블 덮개를 치우자, 아빠가 내 머리카락을 헝클어뜨렸다.

우리 식구 여섯 명이 식탁에 모여 앉았다. 엄마의 저녁 식사는 냉장고 안에 있었다. 나는 저녁을 다 먹고 나서 엄마에게 저녁 식사를 가져다 주었다. 엄마 침대 옆에 앉아 엄마를 지켜봤다. 엄마는 칠면조 조금, 감자 샐러드 조금, 비트를 조금 먹고 말았다. 식사보다는 내가 떠들어 대는 머클 교장 선생님의 근사한 신발 이야기에 더 관심이 있는 것 같았다. 나는 이때다 싶어서 머클 교장 선생님이 채소 가게 그레이엄 아저씨와 사귄다고 했다. 그러자 엄마가 눈썹을 치켜올렸다. 한동안 보지 못했던 모습이었다. 나는 한술 더 떠서 머클 교장 선생님과 그레이엄 아저씨가 냉동고에 들어가서 은밀한 시간을 보내다가 들켰다고 말했다. 물론 사실은 아니었다. 하지만 엄마가 역겹다는 반응을 보이자 나는 계속 이야기를 지어냈다.

"그레이엄 아줌마가 두 사람을 발견했다는 거야. 머클 교장 쌤은 그레이엄 아저씨가 그냥 자기 몸을 따뜻하게 해 주고 있었다고 말했대. 하지만 그레이엄 아줌마는 누굴 바보로 아냐고 소리치더니 냉동고 문을 닫아 버렸어. 다음 날 아침에 계산대 직원이 두 사람을 발견하고 119에 전화했고. 두 사람은 꽁꽁 얼어붙어서 녹는 데 3일이 걸렸대."

엄마의 눈썹이 또다시 치켜 올라갔다. 이번에는 사실이 맞는지 의심하는 눈치였다. 내가 너무 나갔나 보다.

"엄마, 이 칠면조 요리 어때? 꽤 맛있지? 그지?" 내가 화제를 돌렸다.

"괜찮구나." 엄마가 칠면조 안쪽의 향긋한 세이보리 향신료를 건어 내면서 말했다.

"부 아저씨가 직접 만든 거야. 스터핑(달걀, 닭고기, 생선 등의 내부에 다른 재료를 넣는 것)이라고 부르는 건데 유람선에서 내린 미국인들은 그게 제일 맛있대."

"맛있어. 하지만 지금은 배가 안 고파서."

"엄마, 그거 알아?" 나는 또 다른 거짓말을 지어냈다.

"학교에서 마운트 사이오 농장으로 현장 학습을 갔어. 세이보리 향신료를 만드는 곳이래."

"그랬어?"

"응. 농장 주인이 그랬는데 세이보리는 건강에 아주 좋대. 근육통에 좋고, 집중력과 기운, 기분을 북돋아 준대."

나는 기분이라는 단어를 말할 때 눈썹을 치켜올렸다.

엄마는 우울한 눈빛으로 접시를 빤히 쳐다봤다. 나는 접시를 향해 손을 뻗었다.

"내가 아래층에 갖다 놓을게."

"그냥 놔둬."

엄마 잠옷에 그려진 꽃이 눈에 들어왔다. 물망초였다. 아빠가 전몰장병(적과 싸우다 죽은 장병) 추모일에 입는 양복 깃에도 물망초가 있었다. 나는 엄지손톱 아래쪽 살을 잘근잘근 씹었다. 엄마가 손을 뻗어 내 손을 잡아 내렸다.

"머클 교장 선생님과 그레이엄 이야기나 더 해 봐."

나는 나도 모르게 참고 있었던 숨을 내뱉었다.

"머클 교장 쌤 젖꼭지에 동상이 걸린 게 분명해."

엄마가 세이보리를 약간 퍼 올리면서 미소를 지었다.

그날 저녁 늦게 방바닥에 앉아 고드에게 자장가를 불러 주었다. 자장가는 매일 밤 달랐다. 오늘 밤 자장가는 〈엉덩이가 산만 한 사랑스러운 아가씨〉였다. 자기 엉덩이를 자매들에게 베개로 내어 준 여자아이 이야기였다. 내가 제일 좋아하는 가사는 이랬다.

'사랑스런 아가씨가 갑자기 방귀를 뀌자 아이들이 홍해처럼 갈라졌네.'

그와 동시에 침대에서 피우스 형이 방귀를 뀌었다.

"형 엉덩이도 베개로 내 주는 거 잊지 마."

피우스 형이 책 속으로 코를 더욱 깊숙이 박았다.

"입 닥쳐, 괴짜 꼬맹이."

나는 눈을 감았다가 다시 떴다.

"형? 형은 엄마가……."

"입 닥치라고 했지."

피우스 형이 책을 덮고 불을 껐다.

나는 다시 눈을 감고 꿈나라로 빠져들었다. 꿈속에서는 사이볼과 함께 인도에서 탄산음료를 나눠 마셨다.

*

다음 날 아침, 몇 분 시간이 남아서 절름발이 스티븐의 종이 상자를 깔고 앉아 어젯밤 요크 대로에서 했던 공연 이야기를 자세하게 떠들어 댔다.

"할머니 프릴 셔츠에 누나의 레깅스를 입었다고?" 스티븐이 물었다.

"넵. 아, 근데 솔직히 제가 댄스니 뭐니 하는 데 소질이 있는지 잘 모르겠어요. 형은 저한텐 확 끄는 뭔가가 없대요. 다 때려치워야 할까 봐요."

"바보 같은 소리 하지 마. 내가 내 꿈을 포기했다면 64년도에 비틀스와 공연을 할 수 있었겠니?" 스티븐이 말했다.

"비틀스와 공연을 했다고요? 우아, 그거 대단한데요." 내가 미소 지었다.

"부정적인 사람들 말 듣지 마. 난 널 믿어."

나는 내 물건을 챙겨서 일어났다.

"그럼 양로원 공연 보러 올 거예요?"

스티븐이 싱긋 웃었다.

"놓칠 수 없지."

*

나는 곧장 교장실로 가서 시계를 확인했다.

"봐요! 9시 5분이에요."

머클 교장 선생님이 책장 아래로 손을 뻗어 봉투 하나를 꺼냈다.

"네 거야."

나는 봉투 속을 들여다봤다.

"알람 시계요?"

교장 선생님이 고개를 끄덕였다.

"맥그로 선생님이 샐리 앤에서 사 왔어."

참으로 고맙기도 하고 끔찍하기도 했다.

나는 교장 선생님 맞은편 의자를 가리키며 이렇게 물었다.

"앉아도 될까요?"

교장 선생님이 차 한 잔을 따랐다.

"2분만이야."

나는 자리에 앉았다.

"새 친구가 생겼어요. 난민인데 인도에서 왔대요."

교장 선생님 얼굴에 호기심이 어렸다.

"진짜니?"

"시내에서 만났어요. 입술이 바짝 말라 있어서 탄산음료를 사 줬
죠. 며칠 동안 물 한 모금 마시지 못한 것 같았어요."

교장 선생님의 한쪽 눈썹이 치켜 올라갔다.

"물 얘기하니까 저도 목이 좀 타는 것 같네요."

머클 교장 선생님이 다른 잔에 차를 따랐다.

"반 잔만 마셔."

나는 고개를 가로저었다.

"주디 쌤 같은 사람만 있다면 난민들이 목말라 죽겠어요."

교장 선생님이 찻주전자를 내려놓았다.

"주디 쌤이라고 부르지 말랬지."

나는 차를 후루룩 마셨다.

"그거 아세요?"

"뭐 말이니?"

"제가 유급해서 졸업 못 하면 1년 더 같이 지낼 수 있어요."

"넌 유급 안 할 거야, 배리."

"할 수도 있죠."

"아니, 그럴 리 없어. 네 성적은 그런대로 괜찮은 편이거든. 천만 다행이지."

"하지만 유급해도 괜찮겠죠? 1년 더 다니는 게 저한테 좋을지도 모르잖아요."

"배리, 새 학교에 가는 게 무섭다는 건 알지만……."

"무섭지 않아요."

나는 차를 한 번 더 후루룩 마셨다.

"또 무슨 일이 있는지 아세요?" 내가 화제를 바꿨다.

교장 선생님이 한숨을 쉬었다.

"뭔데?"

"고드가 앞으로 쓰러지지 않고 6초 동안 혼자 앉아 있을 수 있어요."

교장 선생님 얼굴이 밝아졌다.

"정말이니?"

내가 자랑스러운 표정으로 활짝 웃었다.

"애가 아주 빠르다니까요."

"엄마는 어떠시니?"

아빠가 교장 선생님에게 엄마의 상태를 이야기했기 때문에 교장 선생님은 전보다 더 성가시게 참견했다. 거의 날 보살펴 주려는 기세였다.

"요요처럼 왔다 갔다 해요."

"기분이 오르락내리락한다고?"

나는 고개를 끄덕였다.

"어젯밤에는 칠면조 요리의 세이보리를 먹지 않았어요. 기분이 좀 처져 있을 때 세이보리를 먹지 않으면 어떻게 되겠어요? 뉴펀들랜드 사람이라면 당연히 먹어야 하잖아요. 마운트 사이오 농장이 망하면 우리도 망하는 거니까요. 우리 마을의 독특한 문화를 보여 주는 모든 것과 작별 인사를 해야 할지도 모른다고요."

"바보 같은 소리 하지 마. 마운트 사이오 농장은 절대 망하지 않아. 우리 마을에서 향신료 세이보리는 마약과 같다고."

"그게 마약 같다면 엄마는 내일이 오지 않을 것처럼 먹어 치웠겠죠. 뭐, 엄마는 내일이 오든 말든 상관하지 않을지도 몰라요. 자기 생각만 하나 봐요. 그러니까 하루 종일 방 안에만 있죠. 나머지 가족들이 엄마가 언제 나올지 궁금해 하며 서성거리는데도 엄마는 신경도 안 써요."

교장 선생님이 내 손을 잡으려고 했다.

"배리……."

하지만 나는 손을 멀리 치웠다.

"정말 고마워요, 주디 쌤. 쌤이 꼬치꼬치 캐묻는 바람에 수업에 늦었어요. 학교에 일찍 도착했는데도 말이죠."

교장 선생님이 시계를 쳐다봤다.

"너한테는 9시 5분이 일찍 온 거구나."

나는 찻잔을 비우고 인상을 찌푸렸다.

"이 티백은 어디서 난 거예요? 세인트존스 항구 밑바닥에서요? 교장 월급이면 질 좋은 티백을 구할 수 있을 거라 생각했겠죠. 어디서 구했어요? 본토나 어디 다른 데서? 으웩!"

교장 선생님이 한숨을 쉬었다.

"그쯤 하면 됐어, 배리."

"진짜요? 아닌 것 같은데요. 며칠은 더 이야기할 수 있다고요. 차 맛이 완전 똥 맛 같아서요. 진짜 똥 맛이야. 따뜻하게 데운 똥 차 같아요."

교장 선생님이 일어섰다.

"당장 나가, 배리."

"기쁘게 분부 받들겠습니다."

거짓말이 아니라 진짜 기뻤다. 내가 교장 선생님 성질을 건드리고, 교장 선생님은 짜증을 내는 평상시의 관계로 돌아왔으니까. 감정이 끼어드는 그 이상의 관계는 내가 원치 않았다. 맥그로 선생님 교실 앞에서 심호흡을 했다. 잠시 후, 교실을 다 차지한 것처럼 춤추듯 걸어 들어갔다.

"안녕하세요, 맥그로 쌤. 좋은 아침이요."

"지각이야, 배리. 교장 선생님한테 가서 지각 사유서 받아서 작성해 와."

"교장 쌤이요? 그 늙다리 수다쟁이 때문에 지각했는데요. 교장실에서 차를 같이 마시자고 하더니 20분 동안이나 찻잎 품질이 어떠니 저떠니 하고 떠들어 댔다고요."

맥그로 선생님은 믿지 못하는 것 같았다. 나는 벽에 걸린 전화기를 가리켰다.

"전화해서 물어보세요."

맥그로 선생님이 고개를 가로저었다.

"그냥 앉아서 과제 해."

나는 책상으로 가기 전에 잠시 멈췄다.

"저기요, 쌤. 제가 조금 늦었지만 그래도 저번에 약속했던 자그마한 '보상'은 주시는 거죠?"

맥그로 선생님이 시계를 확인하고 고개를 끄덕였다. 아직 수업은 40분이 남았고, 나는 솔트워터 사탕이 먹고 싶었다. 수업을 끝까지 들으면 파란색 사탕을 골라야지.

나는 자리에 앉았다. 설득하는 글쓰기 수업이었다. 내 활동지 가장자리에는 졸라맨 한 명만 덜렁 그려져 있었다. 그 녀석에게 막대 사탕이라고 이름을 붙여 주었다.

나는 막대 사탕에게 모자를 그려 주었다. 친구들은 맹렬하게 글을 쓰고 있었다. 무슨 이야기를 써야 할지 모르겠다.

나는 막대 사탕에게 고추를 그려 넣고 큰 소리로 웃었다. 맥그로 선생님이 경고의 눈초리를 날렸다. 이번에는 막대 사탕에게 타탄체크 무늬 바지를 입혀 주었다. 조끼도 그렸다.

우리 막대 사탕, 최고! 막대 사탕 덕분에 영감이 떠올랐다. 나는 글쓰기 제목을 적었다.

〈내가 타탄체크 댄스복과 탭댄스화 살 돈으로 125달러를 받아야 하는 이유〉

천장을 올려다보며 풀 틸트 댄스 단원이 된다는 게 내게 어떤 의미가 있는지 생각해 봤다. '춤은 내 인생이다'라고 첫 문장을 써 놓고는 좀 더 생각에 잠겼다.

앞에 앉은 카렌 크로커의 뒤통수를 째려봤다. 땋은 머리가 울퉁불퉁했다. 나는 카렌의 어깨를 톡톡 두드렸다.

"오늘 아침에 누가 머리 땋아 줬어? 애꾸눈 할머니? 주정뱅이 엄마?"

카렌의 한 손이 위로 번쩍 올라갔다.

"선생님, 배리는 자기가 진짜 웃기다고 생각하나 본데 전혀 안 웃겨요."

맥그로 선생님의 사나운 눈초리가 더욱 사나워졌다.

내 맞은편 책상에는 데이미언 클라크가 있었다. 데이미언이 내 쪽으로 몸을 기울였다.

"야, 난 거의 다 썼는데 제목이 뭔지 아냐? 〈세인트존스 주민 모두가 기부금을 모아 배리 스콰이어스의 얼굴을 성형해 줘야 하는 이유〉야."

평소였다면 데이미언의 코에 주먹을 한 방 먹였겠지만 지금은 솔트워터 사탕이 걸려 있었다. 나를 찰떡같이 믿고 있는 맥그로 선생님을 배반할 수도 없었고.

내가 손을 들었다.

"선생님? 혹시 유의어 사전 갖고 계신가요? 〈내가 데이미언 클라크를 싫어하는 이유〉라는 글을 쓰고 있는데 똥멍청이라는 단어를 너무 자주 써서요."

맥그로 선생님이 인상을 찌푸렸다.

"나쁜 말 쓰지 마라."

"죄송해요. 하지만 꾸며 주는 말이 너무 부족해서요. 머저리는 벌써 10번이나 썼고요, 얼간이도 너무 많이 써서 질렸어요."

맥그로 선생님이 화가 나서 씩씩거리며 다가왔다.

나는 양손을 들어 올렸다.

"잠깐, 잠깐, 잠깐만……."

맥그로 선생님이 내 팔꿈치를 움켜잡았다.

"나와."

"우아, 저한테 솔트워터 사탕 주는 게 그렇게 싫으세요?"

맥그로 선생님이 날 잡아당겨 복도로 나갔다. 그러더니 얼굴을 바짝 들이대고는 말했다.

"내가 약속을 깬 것처럼 말하지 마. 넌 이렇게 될 줄 알고 내 성질을 건드린 거야."

내 안에서 뭔가가 흔들려 깨졌다. 내 심장 같았지만 내 영혼인지도 모르겠다.

"뭐해? 뭘 기다리는 거지? 네가 원하는 걸 얻었잖아. 이제 가 봐. 하루 종일 교장실에 숨어서 즐겁게 보내라고."

나는 벌겋게 달아오른 선생님 얼굴을 평소의 창백한 얼굴로 돌려놓고 싶어서 무슨 말을 해야 좋을지 고민했다.

"내일은 다를 거예요. 제가 최고의 글을 쓸 거니까요. 선생님 인생에서 가장 감동적인 글을 쓸 거라고요. 유리 눈알에도 눈물이 흐를 정도로 감동적인 글이요."

맥그로 선생님이 눈을 사납게 굴렸다.

"조심하세요, 선생님. 토마스 버젤의 아빠의 여동생의 딸이 사팔

뜨기 된 거 잊지 마세요."

맥그로 선생님은 웃지 않았다.

"그만 가라, 배리. 교실에서 날 기다리는 학생들이 많아. 이미 너한테 많은 시간을 빼앗겼어."

무슨 이유에서인지 내 발이 움직이지 않았다. 맥그로 선생님이 그만 가라고 손을 휘저었다.

"어서 가."

"선생님, 전……." 하고 싶은 말이 목에 탁 걸려 나오지 않았다.

"데이미언이……." 나는 한 손을 내 뺨에 갖다 댔다.

내게는 아주 작은 일부에 불과한 반점인데 왜 다른 사람들에게는 그것밖에 보이지 않는 걸까?

"배리, 다른 사람들이 하는 말은 네가 어떻게 할 수 없어. 하지만 그 말을 듣고 어떻게 할지는 네 몫이야." 맥그로 선생님이 말했다.

빌리 월쉬가 복도에 나타났다. 빌리는 날 보더니 스텝 댄스를 추면서 화장실로 들어갔다. 맥그로 선생님이 그 모습에 흐뭇한 표정을 지었다. 놀랍지 않은 반응이었다. 풀 틸트 댄스 단원들은 우리 학교에서 신처럼 대우받았으니까.

"어쩌면 스텝 댄스가 제 모든 것이 될 수도 있어요."

맥그로 선생님이 어리둥절한 표정을 지었다.

"뭐라고?"

"아무것도 아니에요."

맥그로 선생님의 시선이 내게 쏠렸지만 나는 돌아서서 걸어 나갔다. 모퉁이를 돌면서 보니 맥그로 선생님이 주머니에 손을 넣은 채 뭔가를 만지작거렸다. 사실 솔트워터 사탕은 그렇게 좋아하지도 않았다.

*

데이미언이 복도에서 날 스쳐 지나가며 말했다.

"이게 누구야? 샤르도네 아냐?"

샤르도네는 화이트 와인이라고 한마디만 할 수도 있었다. 그 정도면 데이미언의 나불거리는 입을 막기에 충분했으니까. 하지만 나는 데이미언의 코에 주먹을 날렸다. 체육 선생님이 그 소동을 듣고 나타나 우리 목덜미를 잡아서 교장실로 끌고 갔다.

교장 선생님이 데이미언에게 코에 대라고 휴지를 건네주고는 보건 선생님께 보냈다. 내게는 실망스러운 표정을 짓더니 사과 편지를 쓰라고 하셨다.

나는 내 책상에 앉았다.

"최대한 진심을 담아 쓸게요. 무지무지 길어져도 말이죠."

그러고는 사과 편지를 쓰기 시작했다.

내 친구 데이미언에게

정말 미안하지만 네가 똥멍충이 아니면 얼간이 같은 녀석이라서…….

교장 선생님이 내 어깨너머로 편지를 힐긋거렸다. 그러고는 문을 가리켰다.

"나가. 내가 욕설을 얼마나 싫어하는지 알지?"

"사실 잘 모르겠는데요. 이해하기 쉽게 욕설 등급표라도 만들어 주시면 좋겠네요."

머클 교장 선생님이 문으로 걸어가 문을 열었다.

"썩 나가."

가여운 선생님, 화가 머리끝까지 치민 모양이었다. 나는 교장실 바깥에 서서 선생님 화가 가라앉을 때까지 잠시 기다렸다. 30초 후 다시 교장실로 들어갔더니 선생님이 헤드라이트 불빛 앞의 사슴처럼 그 자리에서 굳어 버렸다.

"저런, 주디 쌤, 먹는 걸로는 허전함을 채울 수 없다는 거 몰라요?"

교장 선생님이 한 번 더 소리쳤다.

"당장 나가!"

트윅스 초콜릿 바 한 조각이 교장 선생님 입에서 날아올라 내 발치에 떨어졌다. 어떻게 해야 좋을지 몰랐다. 떨어진 초콜릿 바를 그대로 두는 건 좋지 않을 것 같았다. 아프리카에서 굶어 죽는 아이들을 생각하면 더더욱 그랬다. 나는 초콜릿 바를 집어 들어 교장 선생님께 내밀었다.

"마저 드시고 싶으면……."

교장 선생님 얼굴이 기똥차게 끝내주는 천박한 빨간색 신발처럼 벌겋게 달아올랐다.

나는 교장 선생님과 멀찍이 거리를 두면서 선생님 책상 아래 있는 쓰레기통으로 다가갔다. 선생님 뒤쪽에 도착해서는 잠시 멈춰 섰다.

"괜찮으면 한마디만 더 할게요. 지금 쌤은 좀 흥분한 상태라서 혼자 계시면 안 될 것 같아요. 괜찮다면 제가 곁에 있을게요. 딱 한 시간만이요. 수학 수업을 빼먹기는 싫지만 어쩔 수 없죠."

"좋아, 있어도 돼. 하지만 한마디만 더 하면……."

교장 선생님이 한숨을 쉬었다.

나는 쓰레기통에 트윅스 초콜릿 바를 던져 넣고 양손을 든 채 뒤로 물러섰다.

"제가 여기 있는지도 모르실 거예요."

나는 책상에 앉아 두 손으로 사과 편지를 눌러서 쫙쫙 폈다.

"자, 전 이제 본업으로 돌아가 볼게요. 쌤이 사소한 트집을 잡기 전까지만 해도 아주 열심히 하고 있었거든요."

교장 선생님이 숨을 빨아들이듯 마셨다.

나는 교장 선생님을 돌아보았다.

"호흡법에 좀 더 신경 쓰셔야겠어요. 내면의 평화를 찾고 싶을 때는 호흡법이 더욱 중요하거든요."

내가 손가락을 양쪽 귀에 찔러 넣었다.

"잘 보고 배우세요."

나는 코로 숨을 들이마시고 입으로 내뱉었다. 후후후후후후.

"호박벌 호흡법이라는 거예요. 엄마가 강제로 보낸 분노조절 수업에서 배웠어요. 스트레스, 특히 화를 풀어 준대요. 연습이 많이 필요한 것 같더라고요. 저한테는 효과가 없었어요. 뭐, 놀랍지도 않죠. 전 뭐 하나 잘하는 게 없으니까요."

교장 선생님이 트윅스 반쪽을 던져 주었다.

"날 미치게 만드는 거 하나는 아주 잘하지."

교장 선생님이 학생에게 그런 말을 해도 되는지 잘 모르겠지만 그래도 난 선생님에게 윙크를 하고는 트윅스를 한 입 베어 물었다.

"주디 쌤, 최고!"

5장

학교가 끝난 후 고드를 데리고 전쟁 기념비로 향했다. 사이볼은
탄산음료 두 병과 고드에게 줄 새콤한 대형 열쇠 사탕을 갖고 와 있
었다.

"그건 못 먹어. 아직 이가 없거든."

사이볼이 집게손가락을 열쇠 구멍에 넣고 길쭉한 사탕 끝을 고
드의 입에 쏙 집어넣었다.

"이가 없어도 돼. 빨아 먹으면 되니까. 걱정 마, 내가 잡고 있으니
까 목에 걸릴 일 없어."

고드가 사탕을 한 번 핥아 보더니 인상을 찌푸렸다.

"싫어하는데."

하지만 두 번째는 혀를 길게 내밀더니 더 먹고 싶어 했다.

"좋아하는데." 사이볼이 다시 사탕을 고드의 입에 넣어 주며 말했다.

"나중에 입안을 꼭 헹궈 줘. 충치 생기지 않게."

"이가 없는데도?" 내가 탄산음료 캔을 따면서 말했다.

"넵, 숙지했습니다."

사이볼의 얼굴에 감탄이 서렸다.

"넌 진짜 특이하게 말하는 녀석이야."

나는 미소 짓고는 내 얼굴의 몽고반점을 가렸다.

"그건 그렇고 이건 포트와인 얼룩이라고 해."

사이볼이 고드의 턱에 흘러내린 침을 닦아 주었다.

"그게 뭐?"

"그냥 네가 궁금해 할까 봐 말해 주는 거야."

"그게 왜 궁금해?"

나는 어깨를 으쓱거렸다.

"나도 몰라."

사이볼이 빈 캔을 한 손으로 으그러뜨렸다.

"오늘은 또 무슨 말썽을 피울 거야?"

"《플레이보이》잡지를 사고 싶어."

"우웩."

"내가 볼 거 아냐. 빌리 월쉬 줄 거지. 빌리의 탭댄스화를 빌려야 하거든. 누드 잡지 준다고 하면 혹해서 빌려줄걸."

"왜 걔가《플레이보이》잡지를 좋아할 거라고 생각해?"

"딱 봐도 변태처럼 생겼거든."

사이볼이 어깨를 으쓱거렸다.

"그럼 그럴 만하지."

내가 자랑스럽게 가슴을 쭉 내밀었다.

"그거 알아? 난 풀 틸트 댄스 단원이 될 거야."

"진짜? 나도 작년에 지원했는데 몰리 신부님이 난 '적합'하지 않다고 했어."

사이볼은 '적합'이라는 단어를 말할 때 강조하려는 듯 양 손가락을 굽혀 따옴표를 만들었다.

"무슨 말이 하고 싶은 거야?"

"내 피부색이 적합하지 않았다는 말이지."

이번에는 사이볼이 '피부색'이라고 말하면서 따옴표를 만들지 않았지만 나는 사이볼의 말뜻을 알아들었다.

"몰리 신부님이 토끼털 중절모를 쓴 도둑이었는지는 몰라도 인종차별주의자는 아니었어."

사이볼이 인상을 찌푸렸다.

"네가 그걸 어떻게 알아?"

"그냥 알아."

"어떻게?"

"뉴펀들랜드 사람들은 인종차별 같은 거 안 하니까."

"자세히 말해 봐." 사이볼이 열쇠 사탕을 고드의 입에서 빼내 자기 입에 넣으면서 말했다.

"옛날 옛적에 미국에서 온 흑인 한 명이 난파당해서 뉴펀들랜드 해변에 떠내려 왔어. 여기 사람들이 그 남자를 구해 주고 건강을 되찾도록 보살펴 줬지. 흑인 남자는 무척 놀랐어. 고향에서는 백인들이 그렇게 친절하지 않았거든. 그런데 뉴펀들랜드에서는 다른 모든 생존자들과 똑같은 대우를 받았지."

사이볼은 녹아서 질척거리는 열쇠 사탕을 잔디 위로 던졌다.

"좋은 이야기네. 그런데 말이야, 그게 몰리 신부님이 인종차별주의자가 아니라는 증거라고?"

"그건 아냐."

"그렇지."

"내 말은……."

"순진한 소리 하지 마, 핀바. 눈 크게 뜨고 주의를 둘러보라고."

나는 진짜로 주위를 둘러보았다.

"거기서 그러지 말고 방 잡아요!" 나는 나무 아래에서 서로를 더듬어 대는 한 쌍의 연인에게 소리쳤다. 사이볼이 웃음을 터트렸다.

"가자. 포르노 잡지 사러 가야지."

우리는 워터 거리로 향했다.

거지들이 사이볼을 알아보고 이름을 불러 댔다.

"왜 전에는 이 근처에서 널 못 봤을까?"

"난 킹 윌리엄 에스테이츠에 살아. 중학생이 되기 전에는 혼자 버스를 탈 수 없었어."

"킹 윌리엄 에스테이츠? 부자 동네 말이야? 그럼 너도 부자겠네."

"아빠는 주치의고, 엄마는 심장병 전문의야."

"그럼 너희 엄마도 텔레비전에 나오는 심장 충격기를 사용해?"

사이볼이 내 앞에서 펄쩍 뛰어오르더니 심장 충격기를 내 가슴에 대고 누르는 흉내를 냈다.

"접촉자 없음, 클리어!"

내가 깜짝 놀라서 비틀거렸다.

"너희 부모님은 무슨 일 해?" 사이볼이 물었다.

"너희 부모님만큼 대단하지는 않아. 엄마는 고드가 태어나기 전에 급식 조리사였어. 아빠는 시계를 고치고."

"그거 흥미로운데." 흥미로울 것도 없는데 사이볼은 이렇게 말했다.

애틀랜틱 플레이스에 도착했다. 사이볼은 유모차를 계단 위로 같이 들어 주었다.

잡지 가게 맨 꼭대기 선반에 우리가 찾는 잡지가 많았다.

"어떤 게 좋을까? 《펜트하우스》랑 《허스틀러》도 있어."

"《플레이보이》사. 그럼 빌리 월쉬한테 주면서 '플레이보이를 위한 《플레이보이》'라고 말할 수 있잖아."

내가 싱긋 웃었다.

"난 네 그런 점이 마음에 든다니까."

카운터 여자 직원이 우리한테 《플레이보이》를 팔 것 같지 않았다. 그래서 고드한테 쥐어 줬다. 고드가 《플레이보이》 표지를 반으로 찢었을 때 사이볼이 경고 표지판을 가리켰다.

'손상 시킨 상품은 구매하시오.'

사이볼은 카운터에 5달러짜리 지폐 한 장을 올려놓았다.

"이 정도면 될 거예요."

우리는 직원이 뭐라고 하기 전에 나왔다.

워터 거리에서 사이볼이 말했다.

"생각해 보니까 우리 엄마랑 너희 아빠가 같은 일을 하고 있네. 심장이나 시계나 다시 돌아가게 고치는 건 똑같잖아."

우리 아빠랑 자기 엄마가 같은 일을 한다고 생각하는 사이볼이 내 마음에 쏙 들었다. 나는 아빠가 시계를 내려다보고 서서 "클리어!" 하고 외치는 모습을 상상해 보았다.

"무슨 생각하기에 웃어?" 사이볼이 물었다.

"아무것도 아냐. 가자. 포르노 잡지를 내 꿈과 교환하러 갈 시간이야."

*

댄스 단원들은 자비로운 아일랜드 협회^{Benevolent Irish Society}, 일명 BIS

에서 연습했다. 창문 너머로 빌리 월쉬와 눈이 마주쳤다. 잠시 후, 빌리가 밖으로 나왔다.

"무슨 일이야, 배리 스콰이어스?"

나는 악마처럼 사악한 미소를 지었다.

"플레이보이를 위한 《플레이보이》야."

빌리가 무슨 소리냐는 듯 얼빠진 표정을 지었다.

"뭐?"

사이볼이 팔꿈치로 내 갈비뼈를 찔렀다.

"핀바, 잡지."

내가 잡지를 찾아 주위를 둘러봤다.

"고드! 요 엉큼한 녀석!"

고드가 잡지 한가운데에 얼굴을 들이밀고 있었다.

나는 잡지를 빌리에서 건네주고 거래를 제안했다. 잡지를 훑어보는 빌리의 눈이 휘둥그레졌다. 빌리는 바로 그 자리에서 댄스화를 벗었다.

"곱게 쓰고 돌려줘."

나는 빌리에게 잡지를 가져도 좋다고 했다.

우리는 요크 대로로 돌아갔다. 내가 집 문간에 도착했을 때 할머니가 내 어깨너머로 거리를 내다봤다.

"저 애는 누구니?"

"사이볼이에요. 제……."

"저기 길거리에서 뭐하는 거지? 구걸하는 거니?" 할머니가 안타깝게 바라보며 물었다.

"아뇨, 그게……."

"얘야, 이리 오렴. 저녁 식사를 줄 테니까 들어와." 할머니가 소리쳤다.

사이볼이 걸어와 양손으로 할머니의 손을 덥석 잡았다.

"정~~~말 감사합니다. 배가 너~~~무 고파요."

할머니 표정이 환해졌다.

"이 아이에게 하느님의 축복이 있기를."

내가 팔꿈치로 사이볼의 옆구리를 찔렀다.

"야, 연기 그만 해. 역겹거든."

사이볼이 미소 지었다.

"그냥 네 할머니가 보고 싶어 하는 역할을 연기하고 있을 뿐이야." 사이볼이 소곤거렸다.

"들어오렴. 어서 들어와. 저녁 식사를 막 차리려던 참이야."

이번 저녁 식사는 집에서 만든 요리라 기뻤다. 포장 음식을 먹지 않을 때는 엄마의 빈자리가 그다지 크게 느껴지지 않았다.

주방에서는 갓 구운 건포도 롤빵을 서늘하게 식히고 있었다. 사이볼이 빵을 향해 손을 뻗었다.

"하나 먹어도 될까요?"

내가 저녁 식사 전에 그랬다면 손을 찰싹 얻어맞았을 테지만 할머니는 미소 지으며 말했다.

"그럼, 물론이지. 먹고 싶은 만큼 먹어."

피우스 형이 거들먹거리며 걸어 들어와 사이볼을 향해 고갯짓을 했다.

"쟤는 누구야?"

"난민이란다. 굶어 죽을 뻔했대. 불쌍하게도." 할머니가 속삭였다.

피우스 형이 사이볼에게 빵을 하나 더 건네주었다. 아빠와 실라 누나가 들어왔을 때도 똑같은 일이 벌어졌다. 할머니의 속삭이는 이야기에 다들 동정 어린 표정을 지었다.

"집에 전화해야 해요." 사이볼이 외국 억양이 강하게 드러나는 말투로 말했다.

"엄마가 전화기까지 갈 수 있으면 좋겠어요. 다리가 좋지 않거든요. 아빠는 구걸하러 나갔을지도 몰라요."

나는 가족들이 집단으로 "오오오오" 하고 합창하는 소리를 무시하고는 사이볼을 거실로 거칠게 끌고 들어갔다.

"언제까지 연기할 거야?"

사이볼이 배를 두드렸다.

"내 배가 아~~주 아~~주 부를 때까지."

사이볼은 전화기를 집어 들어 집에 연락했다.

"엄마, 뭐해요? 저요? 전 괜찮아요. 기분 최고예요. 저녁 초대를 받아서 친구 집에 왔거든요. 넵…… 넵…… 넵……. 알겠어요, 엄마.
사랑해요."

사이볼이 전화를 끊었다.

"킹 윌리엄 행 7시 30분 버스를 타야 해. 후식 먹을 시간이 있으
면 좋겠는데. 너희 할머니 롤빵 만드는 솜씨 보니까 후식도 맛있겠
어." 사이볼이 태평하게 말했다.

우리가 주방으로 가려고 돌아서는 순간 팔짱을 낀 채 문간에 선
피우스 형과 맞닥뜨렸다.

"이 말은 꼭 해야겠는데 말야. 나 아~~주 아~~주 실망했어."

"사이볼은 그냥 사람들이 보고 싶어 하는 모습을 연기한 것뿐이
야." 내가 변명했다.

"그러거나 말거나. 10달러 주면 입 다물지." 피우스 형이 제안했
다.

사이볼이 뒷주머니에서 가죽 지갑을 꺼내 피우스 형에게 10달러
를 건네주었다.

저녁 식탁에서 사이볼은 구운 볼로냐소시지에 뿌려 먹게 케첩을
좀 달라고 했다.

"우리말을 아주 잘하는구나." 아빠가 큰 소리로 말했다.

"바바가가!" 고드도 소리쳤다.

할머니가 사이볼의 접시에 볼로냐소시지를 한 장 더 올려 주며
말했다.

"얘 좀 봐. 뼈밖에 안 남았어."

전혀 아니었다. 널찍한 어깨에 통통하고 동그란 얼굴의 사이볼은 건강의 상징이었다.

피우스 형이 사이볼에게 케첩을 건네주었다.

"어이, 사이볼, 지금 네가 먹고 있는 볼로냐 말야. 아주 귀한 거야. 야생 불로냐 한 마리 잡기가 쉽지 않거든. 아주 무서운 동물이야. 네 손을 한입에 뜯어내 버릴걸."

사이볼이 웃었다.

"말도 안 돼. 이건 메이플 리프 사의 빅 스틱 볼로냐소시지를 잘라 놓은 거잖아. 나도 다 알거든."

단체로 헉 하는 소리가 들렸다.

"쟤 완전 뉴펀들랜드 토박이잖아!" 실라 누나가 외쳤다.

"내 호의를 이용하다니!" 할머니가 소리쳤다.

"우리 건포도 롤빵을 다 먹어 치웠어!" 아빠까지 합세했다.

"바바가가!" 고드도 거들었다.

사이볼은 다 무시한 채 계속 먹기만 했다. 그만큼 볼로냐소시지가 맛있는 모양이었다.

그때 엄마가 잠옷 차림으로 들어왔다.

"앤 누구야?"

"배리의 새 친구야. 아주 비열한 꼬마 악당이지." 아빠가 말했다.

"우리 아들이랑 똑같네." 엄마가 자리에 앉으며 말했다.

할머니가 앙상한 손가락으로 사이볼을 가리켰다.

"후식은 컵케이크와 비슷한 트라이플(스폰지 케이크에 과일과 크림을 층층이 쌓아올린 요리)이야. 너, 너 이 녀석, 너도 한 숟가락만 먹어. 다른 사람들이랑 똑같이."

"다른 사람들이랑 똑같이요? 그거 듣기 좋은 소리네요." 사이볼이 능청스럽게 대답했다.

*

나는 사이볼을 버스 정류장까지 데려다주었다.

"미안해. 다들 갈색 피부의 동남아 사람은 본 적이 없어서 그래."

"뭐, 이 동네에 동남아 사람이 많지는 않지."

나는 한 팔을 사이볼의 어깨에 걸쳤다.

"우리가 스무 살쯤 되면 세인트존스는 무지개처럼 알록달록해질 거야."

"네가 모를까 봐 하는 소린데 무지개에는 갈색이 없어."

"흰색도 없지."

"너희 백인은 여름에 빨갛게 익잖아."

"그건 그렇네."

사이볼이 손목시계를 확인했다.

"버스 오려면 10분 남았어. 말썽 좀 피워 볼까?"

"좋아. 우리 학교 창문에 돌 던지자."

갖가지 돌맹이와 자갈을 주워 던졌지만 유리창은 깨지지 않았다.

"이건 말도 안 돼. 불이라도 나면 어쩔 거야? 창문을 깨고 나올 수가 없잖아." 사이볼이 투덜거렸다.

"그런 건 아무도 신경 안 써. 이 학교는 감옥 같아. 철창이 없는 게 신기하다니까."

우리는 뒤로 물러서서 붉은색 벽돌 건물을 바라봤다.

"불이 나면 그냥 창문을 열어야 할까 봐." 내가 말했다.

"그래. 어쨌든 누가 이런 건물을 지었는지 몰라도 다 멍청이야."

우리는 버스 정류장으로 돌아갔다.

"네가 다니는 학교는 어때?"

사이볼이 자갈 하나를 발로 찼다.

"하얀색이야."

내가 웃음을 터트렸다.

"누가 학교를 하얀색으로 칠했대?"

"학교가 하얀색이 아니고, 사람들이 하얀색이라고."

나는 자갈을 집어 들어 아무 우편함에나 집어넣었다.

"전부 다?"

사이볼이 고개를 끄덕였다.

"옙."

그러더니 보도 위에서 금 간 곳을 폴짝폴짝 뛰어넘기 시작했다.

"금 간 곳 밟으면 엄마 등이 굽는대."

나도 사이볼을 따라 폴짝폴짝 뛰었다.

"그런 미신에는 항상 엄마가 나와. 엄마들이 안 됐어."

"그렇네. 그럼 아빠로 바꾸자."

"형은 어때?"

우리는 금 간 곳을 모조리 다 밟았다. 사이볼이 웃었다.

"불쌍한 피우스 형."

우리는 천천히 걸음을 늦추고 가쁜 숨을 가다듬었다.

"가끔은 내가 먼저 내 피부색을 갖고 농담해."

내가 사이볼을 유심히 살펴봤다.

"그래?"

사이볼이 고개를 끄덕였다.

"남한테 듣는 것보다 내가 먼저 그런 농담을 하는 게 나아. 그럼 별로 속상하지 않거든."

흥미로운 전략이었다. 나도 내 얼굴 갖고 농담을 먼저 해 봐야겠다 싶었다.

"내가 먼저 날 갖고 농담하면 하면 다들 너 참 쿨하다, 웃기다 그러거든. 그런데 프레디 푸지라는 애는 안 그래. 걔한테서는 절대 좋은 소리를 들을 수가 없어. 걔는 날 똥남아라고 불러서 여섯 번이나 교장실에 불려 갔어. 그 이후로는 그렇게 부르지 않아. 하지만 그래도 들리거든. 너도 알지?"

"텔레파시 능력자 알지."

데이미언이 텔레파시 고수였다.

"너도 놀림 당해?"

나는 내 얼굴을 가렸다.

"당근이지."

우리는 계속 걸었다.

"신문에 광고를 낼까 봐. 영화 〈마돈나의 수잔을 찾아서〉에서처럼 말이야. 마돈나가 나오는 영화 알지? '갈색 피부의 친구를 애타게 찾습니다'라고 광고를 내는 거야. 그럼 친구가 생길지도 모르지."

사이볼이 미소를 지었다.

"괜찮아, 핀바. 이미 친구가 생겼거든."

나는 그게 날 두고 하는 소리였으면 좋겠다 싶었다.

우리는 '12번 도로'라는 간판 아래 보도 가장자리에 앉았다. 사이볼이 청바지에 붙은 개미 한 마리를 손가락으로 튕겨 냈다.

"엄마가 산후 우울증에 걸렸어. 그래서 잠옷을 입고 다니는 거야." 내가 우리 집 속사정을 털어놓았다.

"안 됐다."

버스가 모퉁이를 돌아 나왔다.

"내일 봐, 친구." 내가 인사했다.

"내일 봐, 핀바."

＊

　나는 내 방으로 가기 전에 고드의 방에 뛰어 들어갔다. 고드는 잠들어 있었지만 고드의 귓가에 이렇게 속삭였다.

　"내일은 방과 후에 널 보러 못 와. 양로원에서 공연을 하거든. 아주 중요한 공연이야. 잘하면 나한테 아주 큰 기회가 생길 수도 있어. 내 말 알겠지?"

　고드가 방귀를 뀌었다. 찢어지듯 길게 이어지는 방귀 소리였다. 알겠다고 대답하는 소리 같았다.

＊

　나는 사이볼과 함께 맞바람을 뚫고 주님께 더 가까이 양로원으로 향했다. 후드를 뒤집어쓰고 양손은 주머니 속에 쑤셔 넣었다.

　"얼어 죽겠어." 사이볼이 말했다.

　"나도야."

　시내에서 벗어나자 줄지어 서 있는 집들이 드문드문해졌고, 가파른 길이 편편해졌다. 우리는 포르투갈 코브 도로로 향했다. 엘리자베스 거리에 도착했을 때 몸을 녹이려고 레가타 포드(미국의 자동차 회사) 대리점에 들렸다. 전시실 구석에는 사탕 자판기가 있었다. 사이볼이 동전을 넣고 손잡이를 비틀었다. 나는 배출구 아래쪽에 손을 넣어 알록달록 새콤달콤한 사탕을 받았다. 우리는 포드 크라운 빅토리아 자동차 안에서 사탕을 먹었다. 빨간색 색소가 손가락에 묻어서 가죽 시트에 문질러 닦았다.

사이볼은 운전석에서 핸들을 갖고 놀았다.

"이런, 젠장. 경찰이야!" 내가 뒤쪽 창문을 내다보면서 외쳤다.

사이볼이 운전대를 움켜잡고 액셀러레이터를 밟았다. 사이볼은 자동차 엔진 소리도 흉내 냈다. 나는 천장 손잡이를 잡고서 외쳤다.

"타이어 불나게 달려! 짭새가 바짝 따라붙었어."

사이볼이 정면을 직시한 채 엉덩이를 들썩거렸다.

"꼭 죽여야만 했어, 핀바? 네 형이었잖아."

"그 공갈범은 내 형도 아냐. 난 10달러를 돌려받아 주겠다고 약속했고, 그 약속을 지켰어."

"그렇다고 내장을 꺼내 놓고 그 위에서 스텝 댄스를 춰야 했어? 아무리 너라도 너무 잔인했어."

"당한 만큼 갚아 준 거야."

"아, 안 돼. 앞을 봐! 데드맨 호수야."

"브레이크 밟아!" 내가 소리쳤다.

자동차가 절벽 아래로 떨어지면서 우리도 자동차 안에서 굴렀다. 사이볼은 경적에 머리를 박고 죽었다. 나는 웃다가 죽었다.

"으흠."

자동차 판매원이 열린 운전석 창문 옆에 서 있었다.

"이 친구 부모님이 의사예요. 저희보고 고급 세단을 골라 보라고 해서 왔어요."

자동차 판매원이 문을 열었다.

"나와."

우리는 다시 후드를 뒤집어쓰고 추위가 매서운 바깥으로 나왔다.

"고드가 없어서 아쉬워." 내가 말했다.

"맞아. 똥도 쌌으면 금상첨화지."

"그래."

우리는 홀리데이 여관을 지나쳐 포르투갈 코브 도로를 계속 따라 올라갔다. 저 멀리 양로원이 보였다.

"오플래허티 신부님이 오셨으면 좋겠다." 내가 말했다.

"분명히 오실 거야."

"긴장돼."

"9월 오디션도 있잖아."

"하느님을 실망 시켜 드릴 수는 없어. 나한테 계시를 주셨다고."

"하느님도 이해하실 거야."

"넌 어때, 사이볼? 하느님을 믿어?"

"하느님 말고도 여러 신을 믿어. 그중에서 시바 신을 제일 좋아해. 파괴의 신이거든."

"다음번에 학교 창문에 돌 던질 때는 시바 신에게 기도해야겠다.

유리창이 한 번에 깨지면 멋질걸."

"시바 신는 악마만 물리쳐."

"학교도 악마야."

"그건 그렇네. 한번 시도해 볼게."

양로원에서 팻시가 우리를 맞아 주었다.

"다들 널 기다리고 있어."

나는 가방에서 빌리 월쉬의 탭댄스화를 꺼내 신었다. 사이즈가 두 치수나 더 컸다.

"이거 써 봐."

팻시가 《이브닝 텔레그램》 신문지를 구겨서 건네주었다.

사이볼이 동그랗게 만 신문지를 탭댄스화에 밀어 넣었다.

"완벽해." 내가 몸을 앞뒤로 흔들면서 말했다.

마지막 기회 공연실에는 플라스틱 정원용 의자에 앉은 노인들이 가득했다. 절름발이 스티븐도 앞줄에서 손을 흔들었다. 나는 딸깍 거리면서 그쪽으로 걸어갔다. 가는 길에 노인들을 지나치면서 손을 흔들고 윙크를 했다. 사이볼이 내 뒤를 따라왔다.

"안녕하세요, 스티븐." 내가 인사했다. 스티븐이 내 뒤쪽을 쳐다 봤다.

"안녕, 사이볼."

"사이볼 알아요?"

"작년에 사이볼이 하버 라이트 센터에서 양말 기부 행사를 했거든. 덕분에 겨울 내내 고기 접시가 따뜻했지."

"고기 접시는 발이라는 뜻이야."

"나도 알아. 난 정원 도구 아냐."

"정원 도구면 바보?" 사이볼이 넘겨짚었다.

"빙고!" 스티븐이 말했다.

"빙고라니? 공연 있는 거 아니었어?" 두 번째 줄에 앉아 있던 에디 할머니가 말했다.

"맞아요." 내가 대답했다.

나는 양팔을 머리 위로 올려 쭉쭉 폈다가 왼쪽, 오른쪽으로 구부렸다.

"몸 푸는 거 보니까 좋네." 스티븐이 말했다.

"나도 공연 전에 스트레칭을 하지 않고는 재거를 따라잡을 수가 없었지."

"롤링 스톤스(영국의 대표 록밴드. 멤버는 믹 재거, 키스 리차드, 론 우드, 찰리 워츠)와 함께 공연했어요?" 사이볼이 물었다.

"키스 리차드가 감기에 걸려서 내가 대타로 들어갔지."

"정말 대단한데요." 사이볼이 내게 윙크했다.

나는 미소를 지었다. 사이볼이 애써 맞장구를 쳐 주어 고마웠다. 내가 정원용 의자 등받이 너머로 한 다리를 차올렸을 때 얼굴 보기 힘든 오플래허티 신부님이 걸어 들어왔다. 오플래허티 신부님은 잘 나서지 않아서 찾기 힘든 사람이었다. 맥그로 선생님은 숙제 제출

기한이 됐을 때 내가 그렇다고 했다. 오플래허티 신부님이 우리 마을에 온 지 거의 6개월이 다 됐지만 신부님을 잘 아는 사람은 한 명도 없었다. 예전의 몰리 신부님은 항상 밖으로 나돌아 다녔다. 팀 홀튼스 커피숍에서 커피 두 스푼, 설탕 두 스푼 넣은 커피를 주문해 수다를 떨고, 조지 거리에서는 '약주'로 기네스 맥주를 한 잔 마셨고, 배너먼 공원에서는 착 달라붙는 수영복 차림으로 일광욕을 했다.

하지만 오플래허티 신부님은 공식적인 종교 행사에만 모습을 드러냈다. 물론 풀 틸트 댄스 단원들과는 많은 시간을 보냈지만. 게다가 〈리버 댄스〉에 푹 빠져 있는 것 같았다. 〈리버 댄스〉 공연을 보러 더블린까지 가기도 했으니까. 빌리 월쉬는 풀 틸트 댄스팀을 캐나다 최고의 아일랜드 스텝 댄스 공연단으로 만드는 게 오플래허티 신부님의 목표라고 했다.

그렇다면 분명히 날 마음에 들어 할 거야. 나는 이렇게 생각하면서 딸깍거리며 신부님에게 다가갔다.

"여기서 만나다니 정말 반가워요."

오플래허티 신부님이 나를 위아래로 훑어보았다.

"내가 아는 애였나?"

"곧 알게 되실 거예요."

"넌 대체 뉘 집 자식이니?"

"제가 무슨 집과 집이 만나서 낳은 자식은 아니고요. 뭘까, 좀 더 생물학적인 방식으로 태어났죠. 전 브렌단과 마거릿 스콰이어스의 자식입니다. 요크 대로에 살죠."

신부님이 인상을 찌푸렸다.

"그럼 네가 그 악명 높은 배리 스콰이어스구나."

내가 한 손을 내밀어 악수를 청했다.

"네, 제가 그 유명한 스콰이어스예요."

신부님은 악수를 받아 주지 않았다.

"몰리 신부님한테 네 이야기 들었다. 고해실 가림막에 구멍 낸 녀석이라고."

"한 방에 해냈죠. 하지만 그것 말고도 재주가 많아요."

내가 탭댄스화를 향해 고갯짓을 하고 눈썹을 치켜올렸다.

"댄서니?"

내가 미소 지었다.

"절 댄스계의 비밀 병기라고 부르는 사람들도 있죠."

신부님 표정이 밝아졌다.

"정말이니?"

나는 손가락 하나를 코 옆에 갖다 대고는 무대로 걸어 나갔다.

스티븐이 엄지손가락을 치켜들어 보였다.

"잭 팔란스 잘 춰."

"잭 팔란스는 춤이라는 뜻이야." 사이볼이 설명했다.

"너도 잘 알겠지만 나도 런던 영어 좀 하거든. 그러니까 무슨 통역사라도 되는 것처럼 굴지 마."

사이볼이 팔꿈치로 스티븐의 팔을 꾹 찔렀다.

"저러다가는 진짜 크림 퍼프 되겠는데요."

"화가 나서 씩씩거린다는 소리야." 스티븐이 설명했다.

"나도 알거든요." 사실은 무슨 뜻인지 몰랐지만 이렇게 소리쳤다.

나는 X 표시 된 곳에 서서 주위를 둘러보았다.

"음악, 주세요."

"공연자들은 보통 음향 장비를 챙겨 오는데." 팻시가 소리쳤다.

"하지만 여기는 마지막 기회 공연실이잖아요. 특별 행사실이요. 어떻게 음향 장비가 없을 수 있죠?"

"음향 장비를 마련할 만한 돈이 있어 보이니?" 팻시가 말했다.

나는 눈을 감았다. 집중해, 배리 스콰이어스, 집중해. 플래틀리라면 어떻게 할까? 약간 잠긴 듯한 쉰 목소리가 사람들 사이에서 튀어나왔다.

"거기 그냥 서 있을 거니?"

눈을 뜨자 산소마스크 너머로 냉소를 날리는 할머니가 보였다.

"아, 거기 할매, 진정제나 드시죠."

팻시가 내게 손가락질을 했다.

"너, 그 무슨 버릇없는 소리야!"

'그렇게 애쓰지 않아도 돼, 학생. 넌 아주 멋진 공연을 보여 줄 것 같구나'라고 했던 팻시는 사라지고 없었다.

"난 방으로 돌아가겠어. 〈육지와 바다〉 할 시간이야." 앞줄에 앉아 있던 남자가 말했다.

"나도 갈래. 오늘은 〈비버의 고난〉 편이 방송된대." 또 다른 목소리가 흘러나왔다.

"오오오오, 비버" 모두가 웅성거렸다.

"잠깐만요. 가지 마세요." 내가 소리쳤다.

나는 버스터 할아버지와 에디 할머니에게 구원의 눈길을 보냈다. 버스터 할아버지가 윙크를 하더니 '다~다~다~' 하고 〈육지와 바다〉 주제가를 부르기 시작했다. 에디 할머니도 합세했다. 곧이어 합창 소리가 공연실을 가득 채웠다. 절름발이 스티븐이 내 시선을 붙잡았다.

"뭘 기다리고 있어? 춤춰야지." 스티븐이 사납게 외쳤다.

나는 양팔을 옆구리에 붙인 채 매주 뉴펀들랜드의 가정집을 가득 채우는 기분 좋은 노래에 맞춰 춤추기 시작했다. 약간 느린 곡이었지만 찬밥, 더운밥 가릴 처지가 아니었다. 마침내 노래가 끝났을 때 내가 이렇게 부탁했다.

"감사합니다. 정말 감사합니다. 이번에는 좀 더 빠른 곡 어때요?" 에디 할머니가 먼저 시작했다.

맥주, 맥주, 맥주, 얼큰하게 취해 보자, 맥주, 맥주!

아일랜드 맥주 노래였다. 완벽했다.

옛날 옛적 아주 오랜 옛날에

차 마시듯 술 마셨던 아주 오랜 옛날에

찰리 몹스라는 남자가 있었지.

그가 만든 멋진 술, 홉으로 만들었지.

이제 모두가 합창했다. 양팔을 똑같이 흔들면서. 나는 내면의 플래틀리를 불러내 양다리를 공중으로 높이 차올렸다. 노랫소리가 너무 커서 내가 바닥에 쿵 하고 착지하는 소리도 들리지 않았다. 기가 막히게 완벽했다.

그는 제독, 아니 술탄, 아니 왕이 분명해.

우린 항상 그를 칭송하는 노래를 부르네.

위대하신 찰리 몹스, 맥주를 발명했다네. 맥주, 맥주,

얼큰하게 취해 보자, 맥주, 맥주…….

버스터 할아버지가 나와 눈을 맞추더니 지팡이를 던졌다. 나는 한 손으로 지팡이를 잡고 찰스턴(1920년대 미국의 찰스턴에서 시작된 사교춤) 스텝을 밟았다. 그러고는 지팡이를 지휘봉처럼 빙빙 돌리고, 나의 대표적인 동작 문워크를 선보였다.

이제 화려하게 마무리할 시간이었다. 나는 얼굴에 고통스러운 기

색 하나 내비치지 않은 채 양다리를 쫙 찢으며 착지했다. 공연실이 환호성으로 들끓었다. 절름발이 스티븐도 눈물 한 방울을 닦아 냈다. 사이볼이 제일 먼저 기립 박수를 쳤다. 6분이나 걸렸지만 그래도 모두가 다 일어나 기립 박수에 동참했다.

나는 딸각딸각 소리를 내면서 오플래허티 신부님에게 걸어갔다.

"어때요?"

"뭐가?"

"신부님 댄스팀에 절 넣어 주시는 거 어떠냐고요?"

신부님이 웃었다.

"글쎄다. 풀 틸트 댄스팀에는 까칠한 왕자병 환자가 들어올 자리가 없어."

버스터 할아버지의 지팡이를 움켜쥔 내 손에 힘이 들어갔다.

"할머니한테 이를 거예요."

오플래허티 신부님은 재미있다는 표정이었다.

"너희 할머니가 알면 뭐 어떻게 되는데?"

내가 코웃음을 쳤다.

"뭐가 안 되는지 걱정해야 할걸요."

"그게 무슨 말이지?"

"저희 할머니는 백 살이 거의 다 됐거든요. 곧 돌아가실 거예요. 모든 재산을 성당에 기부하겠다고 유언장을 써 놓으신 게 분명한데 제가 한마디만 하면……."

오플래허티 신부님이 이맛살을 찌푸렸다. 나는 신부님 귀에 입을 갖다 대고 속삭였다.

"제 말 잘 들으세요. 전 반드시 신부님 댄스팀에 들어갈 거예요."

나는 홱 돌아서서 공연실을 뛰쳐나왔다. 로비에서 버스터 할아버지의 지팡이를 야구 배트처럼 휘둘러 탁자 등 세 개를 바닥으로 떨어뜨렸다. 탁자 등이 수억 조각으로 산산조각 났다.

절름발이 스티븐이 내 뒤쪽에서 달려왔다.

"젠장, 스콰이어! 너 정신 나갔어?"

멀리서 사람들이 몰려오는 소리가 들렸다. 절름발이 스티븐이 지팡이를 움켜쥐었다.

"넌 멀리 피해, 스콰이어."

나는 요크 대로로 바람처럼 달렸다. 딸각거리는 신발 소리가 내 심장을 찌르는 것 같았다.

*

나는 바닥에 앉아 아기 침대 난간 틈새로 한 손을 넣었다. 한 손으로 고드의 팔을 잡고 고드의 숨소리에 맞춰 호흡을 가다듬었다. 나는 눈물을 닦아 내고는 고드에게 자장가를 불러 주었다.

6장

탭댄스화를 빌리 월쉬의 가슴에 냅다 던졌다.

"잘 썼다."

"어떻게 됐어?"

"끝내줬지."

빌리 월쉬가 자기 가랑이 사이를 쳐다봤다.

"나도 그랬다면 좋았을 텐데."

"왜, 하느님 생각이라도 났어? 야한 생각을 하면 하느님이 쳐들 어오거든."

"하느님이 아냐. 엄마가 내 속옷 서랍을 급습했어.《플레이보이》 를 들키는 바람에 고해실로 끌려갔다고."

"아이고, 맙소사! 오플래허티 신부님이 뭐래?"

"신부님이 잡지를 압수해야겠다고 하셨는데 엄마가 이미 태워 버렸거든. 실망하신 눈치였어."

"다음번엔 운이 좋길."

맥그로 선생님 교실에 들어가자 교장 선생님이 날 찾는다고 했다. 나는 교장실 주인이라도 된 것처럼 당당하게 교장실로 걸어 들어갔다.

"제가 질리지도 않나 봐요, 주디 쌤?"

교장 선생님이 맞은편 의자를 가리켰다.

"앉아."

교장 선생님은 양로원에서 일어났던 일을 들었다고 했다.

"배리, 네 계획대로 되지 않아서 아쉽구나. 그래도 화를 다스렸어야지. 네가 너무 화가 나서 달려 나가다가 실수로 탁자 등 세 개를 넘어뜨렸던 모양이야."

"누구한테 들었어요?"

"스티븐 모리스."

"스티븐 누구요?"

"스티븐 모리스. 그 노숙자 알잖니?"

"아, 절름발이 스티븐이요."

"그렇게 부르지 마. 너무 잔인하잖니."

"한쪽 다리가 다른 쪽 다리보다 더 긴 게 잔인한 거죠. 아니면 얼굴에 포트와인 얼룩이 있거나요."

"아, 배리." 교장 선생님 목소리가 부드러워졌다. 하지만 나는 다시 딱딱한 목소리를 듣고 싶었다.

"실수가 아니었어요. 일부러 지팡이로 탁자 등을 부쉈어요."

교장 선생님이 한숨을 쉬었다.

"어쨌든 스티븐이 새 걸로 바꿔 놓겠다고 했어."

나는 양손을 머리 뒤에서 깍지 끼고 느긋하게 뒤로 기댔다.

"뭐, 그럼 됐네요. 문제 해결!"

"아니, 해결 안 됐어. 스티븐은 돈이 한 푼도 없는 사람이야. 네 행동에 책임져야 할 사람은 너고. 스티븐이 아니라."

"잘 아실 텐데요."

나는 교장 선생님 책상에 발을 올려놓았다.

"그건 학교에서 일어난 일이 아니잖아요. 학교 밖의 일을 갖고 쌤과 이런 대화를 하니까 살짝 기분 나빠지려고 하는데요."

교장 선생님이 내 발을 바닥으로 밀어냈다.

"오플래허티 신부님은 네 행동을 나한테 알려야 한다고 생각하셨어. 한 아이를 키우려면 온 마을이 필요한 거 알잖니."

"아, 제발 좀요. 오플래허티 신부님이 뭘 안다고 그래요. 훌륭한 댄서를 보고도 못 알아보는데."

"사실 오플래허티 신부님은 네 태도가 마음에 안 든대. 춤 실력은 대단하다고 하셨어."

내가 자리에서 벌떡 일어섰다.

"그랬어요?"

교장 선생님이 내 얼굴을 유심히 살폈다.

"왜 그렇게 댄서가 되고 싶니?"

"다들 뭔가로 유명해지고 싶어 하잖아요."

교장 선생님이 입을 열었다가 다시 다물었다.

"뭔데요? 말씀해 보세요. 전 뭐로 유명해요?"

내 얼굴에 그 답이 적혀 있었다. 난 몽고반점으로 유명하니까.

"유머, 똑똑한 머리, 말솜씨로 유명하지."

나는 한숨을 쉬었다.

"어른들 사이에서는 그럴지도 모르죠. 하지만 다른 학생들 사이에서는요?"

이번에도 교장 선생님은 아무 말도 하지 않았다.

나는 일어서서 허리를 앞으로 숙였다.

"제가 뭐로 유명한지 잘 아시잖아요."

내가 내 뺨을 가리켰다.

"지금 쌤이 보고 있는 거요."

"배리, 앉아."

나는 의자에 다시 앉았다.

"거기 말고. 네 책상에."

내가 미소 지었다.

"내 책상이요?"

"네 이름이 적혀 있으니까 네 책상 아니니?"

나는 모퉁이 책상에 앉아 나무에 새겨 놓은 내 이니셜 FTS를 손가락으로 쓸어 보았다.

"오플래허티 신부님은 합리적인 분이야. 편지를 써서 네 뜻을 확실하게 전해 봐."

나는 고개를 끄덕였다.

"고마워요, 주디 쌤."

나는 편지를 쓰기 시작했다.

친애하는 오플래허티 신부님,

위대한 예술가들 중에는 괴팍한 사람들이 있잖아요. 오지 오스본(미치광이 수준의 퍼포먼스로 헤비메탈 라이브 공연의 방향을 잡은 뮤지션)은 라이브 공연 도중에 박쥐 머리를 물어뜯었죠. 반고흐(네덜란드의 화가)는 자기 귀를 잘랐고요. 이런 이야기 들으니까 눈앞이 환해지는 것 같지 않나요? 그런 일에 비하면 제 행동은 정말 별거 아니에요. 솔직히 말하자면 그렇게 행동할 만한 상황이었잖아요. 아니, 음악도 없이 어떻게 공연을 할 수 있겠어요? 그건 그렇고…….

"주디 쌤? 다른 이야기를 하고 싶을 때는 뭐라고 쓰나요? '여'로 시작하는 단어인데 뭐였죠?"

"여담이지만."

여담이지만 춤은 개곽하다고 할 수 있는 게 아니에요. 그 이상이 필요하죠. 선택받는 자라야 춤을 출 수 있죠. 오티 신부님, 전 하느님의 계시를 받았어요. 하느님이 제게 춤을 추라고 하셨죠. 신비로운 빛이 번쩍이고 막 그랬다니까요. 사실 신부님은 선택의 여지가 없어요. 전 풀 틸트 댄스팀이 될 운명이니까요. 하느님이 그렇게 말씀하셨어요.

무한한 존경과 감사를 담아.

핀바 T. 스콰이어스

교장 선생님이 편지를 읽어 보았다.

"개곽하다가 아니라 괴팍하다야. 그리고 오티 신부님이라고 부르지 마. 그건 아주 무례한 짓이야."

"그것만 빼면 어때요? 괜찮아요?"

교장 선생님이 한숨을 쉬었다.

"음. 열정이 느껴지는 하네."

"왜 이런 말이 있잖아요. 대박 낼 거 아니면 집에나 가라. 집 이야

기가 나오니까 말인데 약간 진이 빠지는 것 같아요. 그만 쉬어야 할
까 봐요."

교장 선생님이 책가방을 건네주었다.

"수업 들으러 가, 배리."

*

맥그로 선생님 수업 시간에 쫓겨났다. 친구들이 다들 의자 위로
뛰어 올라간 건 내 잘못이 아니었다. 입에 거품을 물고 내달리는 생
쥐 두 마리를 진짜로 봤기 때문에 봤다고 말했을 뿐이었다. 하지만
생쥐는 온데간데없었다. 내 상상에 불과했다. 다 맥그로 선생님 탓
이었다. 복합 형용사가 어쩌고저쩌고하는 설명이 너무 지루해서 헛
것이 보였나 보다. 게다가 친구들이 과잉 반응한 게 왜 내 잘못인
가? 나처럼 자리에 앉아서 두 다리만 들면 될걸 뭐 하러 의자 위로
뛰어 올라가고 난리란 말인가?

하지만 오플래허티 신부님께 쓴 편지를 설득하는 글쓰기 과제로
제출하고 나와서 기분이 좋았다. 차갑게 죽은 심장의 소유자라 A를
주지 못하겠다면 B플러스로 만족하겠다는 말도 덧붙였다. 사람 얼
굴이 그토록 울긋불긋하게 변할 수 있다니 직접 보고도 깜짝 놀랐
다. 진짜 재미있는 광경이었다.

다른 수업들은 말썽 피우지 않고 끝까지 들었다. 눈 뜨고 꿈꾸는

묘기를 선보인 덕분이었다. 과학 시간에는 오플래허티 신부님의 리드 댄서가 됐고, 마지막 수업이 끝날 무렵에는 마이클 플래틀리와 같은 무대에 섰다. 솔트워터 사탕 하나 받지 못했지만 대체로 성공적인 하루였다.

집으로 가는 길에 거리 모퉁이를 찾아갔다. 아침에 절름발이 스티븐을 보지 못했기 때문이었다.

"오늘 아침에 자고 있었어요?"

스티븐이 고개를 끄덕였다.

"어젯밤에 깨진 탁자 등을 교체하느라 늦게 잤거든."

"어디서 샀어요?"

"산 게 아니라 교체했다니까."

"그럼 훔쳤어요?"

"내 전적이 화려하긴 하지만 도둑은 아냐."

"그럼 빌렸어요?"

"쓰레기장을 뒤졌지. 볼품없고 금이 좀 가긴 했지만 작동되는 걸 찾았어."

"고마워요, 스티븐. 아저씨는 진정한 제 친구예요."

*

나는 집으로 가서 고드를 데리고 나왔다. 사이볼이 탄산음료 두 병과 고드에게 줄 빨대 사탕을 들고 전쟁 기념비에 나와 있었다.

"그건 못 먹어." 내가 말했다.

"그냥 설탕이야."

사이볼이 사탕 포장지를 이로 물어뜯었다.

"입 벌려, 고드."

고드가 머리를 뒤로 젖히고 입을 크게 벌렸다.

"맙소사! 이가 났어!" 내가 소리쳤다.

"껌 같은데."

나는 진주처럼 하얗게 솟아 오른 부위를 손가락으로 쓸어 보았다.

"우리 고드가 자라고 있어." 내가 감격에 겨워 말했다.

"첫 이가 났어. 축하 기념으로 배너먼 공원에 데려가자."

공원에 도착했는데 그네가 꼭대기 가로대에 감겨 있었다.

"누가 시간이 남아돌아서 헛짓거리를 했나 봐." 내가 말했다.

"이제 어떡하지?"

"우리 학교에 또 돌을 던지러 갈까?" 내가 제안했다.

"시에 민원을 넣는 건 어때? 이 그네는 시 책임이잖아."

"더 좋은 생각이 있어. 캐나다 부총독한테 가는 거야."

"좋은 생각이야."

총독 관저는 길 건너편에 있었다. 우리는 배너먼 공원을 가로질러 웅장한 벽돌 건물로 향했다.

"작년에 엄마 아빠가 가든파티에 초대받았어. 근데 누가 우리 아빠를 웨이터로 착각하고는 빈 잔을 건네줬어."

"그거 참 무례한 짓이네."

"그래도 멋진 파티였어. 밴드도 오고 막 그랬거든."

"우리 할머니도 항상 거기 가고 싶어 하셔. 하지만 거기 초대받으려면 대단한 사람이 돼야 하나 봐." 내가 말했다.

"너희 할머니도 대단한 분인데."

"괜찮아. 어차피 할머니한테는 커다란 파티 모자도 없는걸."

사이볼이 고드를 봐 주는 동안 나는 계단을 올라가 문을 두드렸다. 흑백 제복 차림의 가정부가 나왔다.

"부총독님과 이야기하고 싶어요." 내가 말했다.

"약속은 잡고 왔니?" 가정부가 물었다.

"거의 그런 셈이죠."

"이름이?"

"핀바 T. 스콰이어스요. T는 털록^{Turlough}의 첫 글자예요. 저처럼 성과 이름 말고도 중간에 거창한 이름이 하나 더 있는 사람은 대단한 가문 출신이란 거 아시죠? 저희 식구들은 진짜 대단한 사람들이에요."

가정부가 멍하니 날 쳐다봤다. 고드는 기관총처럼 따따따따따 소리를 냈다.

"아기들은 참 버릇이 없어요."

가정부가 등을 돌려 건물 안으로 들어갔다.

"기억해 두세요. 털록이에요. 철자는 l-o-u-g-h이지만 '록'이라고 읽어요. 털록은 아일랜드어로 '마른 호수'라는 뜻이에요. 호수가 말랐다니 모순적이죠."

눈앞에서 문이 꽝 닫혔다.

"잘한다." 사이볼이 비꼬아 말했다.

잠시 후, 다시 문이 열리더니 회색 정장 차림의 남자가 문간에 나타났다.

"핀바 털록 스콰이어스라고?"

나는 깜짝 놀랐다. 거창한 이름을 들먹인 효과가 바로 나타나다니! 거창한 이름이 자기 이름이면 어떤가? 효과만 있으면 됐지.

나는 한 손을 내밀었다.

"그 유명한 사람이 바로 접니다. 제가 고향이라고 자랑스럽게 부르는 이 훌륭한 도시의 부총독님 맞으시죠?"

남자가 내 손을 잡았다.

"난 부총독님 보좌관이란다. 고드라고 부르렴."

내 눈이 반짝 뜨였다.

"재도 고드예요." 내가 유모차를 가리키며 말했다.

"아주 훌륭한 스코틀랜드 이름이지." 어른 고드가 말했다.

"엄마는 아빠 쪽의 스코틀랜드 왕족 혈통을 자랑스러워 해야 한다고 하셨죠." 내가 말했다.

사실 고드는 엄마가 가장 좋아하는 싱어송라이터 고든 라이트풋의 이름을 딴 것이었다. 아빠도 옳거니 하고 찬성해서 지은 이름이 분명했다. 엄마가 두 번째 좋아하는 가수가 엘비스 프레슬리였으니까.

어른 고드가 사이볼에게 시선을 돌렸다.

"넌 이름이 뭐니?

"사이볼이요. 인도 이름이에요." 사이볼이 대답했다.

"아일랜드인, 스코틀랜드인, 인도인이라. 너희 셋은 술집에 들어가야겠구나." 어른 고드가 '술집에 들어가다'로 시작하는 농담을 빗대어 말했다.

"과거와 현재와 미래가 술집에 들어갔다.('시제'와 '긴장된'이라는 이중의 뜻을 갖는 tense를 이용한 언어유희)" 내가 운을 떼었다.

"아, 알겠다. 셋 다 분사구나. 과거분사, 현재분사, 미래분사." 어른 고드가 대답했다.

우리 모두 신나게 웃었다. 아기 고드만 빼고. 고드는 아직 영문법을 몰라 분사가 뭔지도 모른다.

"그런데 총독님은 어디 계시죠? 민원이 있어서 찾아왔거든요." 내가 말했다.

"회의 중이란다. 내가 도와줘도 될까?" 어른 고드가 말했다.

나는 배너만 공원을 가리켰다.

"어떤 몰상식한 인간이 그네를 꼭대기 가로바에 감아 놔서 그네를 탈 수가 없어요."

어른 고드가 안으로 들어가더니 모자를 집어 들고 나왔다. 꼭대기에 장식용 수술이 달린 남색 모자였다.

"직접 도와주시게요?" 내가 물었다.

"안 될 거 있니?" 어른 고드가 되물었다.

"보좌관 님은 대단히 중요한 분이잖아요." 내가 대답했다.

어른 고드가 미소 지었다.

"너도 대단한 사람이라고 들었는데."

차들이 쌩쌩 지나가자 어른 고드가 양팔을 우리 앞으로 뻗어 가로막았다.

"됐다. 이제 가도 안전해." 어른 고드가 말했다.

우리는 아기 고드를 그네 옆에 주차했다. 갈매기 한 마리가 유모차 지붕에 내려앉았다.

"훠이!" 어른 고드가 소리쳤다.

"바!" 아기 고드도 소리쳤다.

갈매기가 날아갔다.

정장 차림의 어른 고드가 막대기로 그네를 탁 쳤다. 나는 할머니가 항상 가든파티에 가고 싶어 했고, 사이볼의 아빠는 가든파티에서 웨이터로 오해받았다는 이야기를 했다.

"웨이터로 오해받았다고 기분 나쁠 건 없어요. 웨이터가 뭐 나쁜 직업은 아니니까요. 그냥 사람들이 잘 모르면서 넘겨짚는 게 문제죠." 사이볼이 말했다.

"세상 사람 모두가 장님이 되면 편견이 없어질까요?" 내가 물었다.

어른 고드가 그네 하나를 풀어내고 다른 그네로 다가갔다.

"토마스 하디는 이렇게 말했지. '보지 못하는 것보다 없는 것을 보는 게 더 끔찍하다.'"

"무슨 뜻이에요?" 사이볼이 물었다.

"자기가 보고 싶은 것만 본다는 뜻이야. 자기와 다른 것만 보듯이 말이야."

"왜 자기와 다른 것만 보는 거죠?" 내가 물었다.

어른 고드가 두 번째 그네까지 풀어 내렸다.

"그래야 자기가 더 뛰어난 사람처럼 느껴지거든."

어른 고드가 막대기를 내려놓고 사이볼의 어깨에 한 손을 올렸다.

"그런 인간들은 자기가 남보다 뛰어나다고 생각하지. 하지만 사실은 거들먹대는 멍청이처럼 보인다는 걸 몰라."

어른 고드가 고개를 살짝 숙여 인사했다.

"좋은 하루 보내라."

우리는 멀어져 가는 어른 고드를 지켜보았다.

"좋은 사람이야." 사이볼이 말했다.

"바바가가!" 아기 고드도 그렇다고 소리쳤다.

*

저녁 시간이었다. 엄마가 옷을 깔끔하게 차려입고 저녁을 먹으러 나왔다. 생선 스튜를 모두의 접시에 덜어 주기까지 했다.

"너희에게 전할 소식이 있어." 엄마가 말을 꺼냈다.

"설마 임신한 건 아니겠죠?" 피우스 형이 물었다.

엄마가 살짝 웃었다.

"그건 아냐."

아빠가 엄마에게 한 팔을 둘렀다. 엄마가 목청을 가다듬었다.

"몇 주 전에 의사를 찾아갔어. 그때 항우울제를 받아 와서 먹었는데 좀 나아지고 있는 것 같아. 그동안 곁에 있어 주지 못해서 미안해."

미리 연습해 보고 하는 이야기 같았다. 엄마가 아침 내내 연습한 게 아닌가 싶었다.

"나도 전할 소식이 있단다." 할머니가 말했다.

"설마 할머니가 임신한 건 아니겠죠?"

할머니가 웃었다.

"그게 뭔 소리냐! 얼빠진 소리 하지 마라, 피우스." 이번에는 할머니가 날 보고 미소 지었다.

"오플래허티 신부님 전화를 받았단다. 시험적으로 널 댄스팀에 받아 주겠대."

나는 싱긋 웃었다.

"제 실력을 알아보실 줄 알았다니까요."

"나도 전할 소식 있어." 실라 누나가 말했다.

"뭔데?" 엄마가 물었다.

실라 누나가 탁자를 내려다봤다.

"피우스가 물어봐 주면 좋겠어."

피우스 형이 생선 스튜를 먹다가 고개를 들었다.

"뭐라고?"

"네가 아까 했던 것처럼 똑같이 물어봐 주면 좋겠다고." 실라 누나가 말했다.

피우스가 좀 전과 똑같이 '설마 임신한 건 아니겠지?'라고 묻자 우리 모두 무슨 일인지 알아차렸다.

엄마의 목소리가 사나워졌다.

"어리석기는!"

"그럼 밥은? 걔도 어리석은 거 아냐?" 실라 누나가 따졌다.

아빠가 두 손으로 머리를 감싸 쥐고 비아냥거렸다.

"우리한테 딱 필요한 소식이구나. 먹여 살릴 입이 하나 더 늘 테니."

돈 걱정하는 소리에 나는 깜짝 놀랐다. 내가 알기로 혼전 성관계는 우리 집안의 종교에 어긋났다. 하느님을 아무 때나 들먹거리는

것도 마찬가지였다. 그런데 하느님 맙소사, 그 둘 다 하나도 지키지
않았다.

실라 누나가 울음을 터트렸을 때 나는 고드를 위층으로 데리고
올라갔다.

"뭐, 그래도 한 가지 좋은 점은 있어. 이제는 엄마가 널 '나의 작은
실수'라고 부르지 못할 거야."

*

실라 누나는 사흘 내내 울었다.

"메모리얼 대학에 가는 것도 다 끝났어."

"그게 누구 잘못이니?" 엄마가 차갑게 말했다.

아빠는 여전히 충격에서 헤어 나오지 못한 채 고개만 끄덕였다.

하지만 할머니는 차분하게 이야기했다.

"십대가 임신한 게 실라가 처음도 아니고 마지막도 아닐 거다."

나는 피우스 형이 실라 누나에게 밥이 좋은 사람인지 묻는 걸 엿
들었다. 실라 누나는 그렇다고 했고 피우스 형은 이렇게 대답했다.

"잘됐네."

나는 아무래도 상관없었다. 그냥 엄마의 진정제 효과가 아주 좋
기만 바랐다.

＊

며칠 밤이 지나 집 안 분위기가 안정되자마자 지옥이 열렸다. 피우스 형이 하키팀 친구들을 데려와 지하실에서 임시로 복싱 링을 만들어 놓고 서로 치고받고 난리를 쳤다. 그동안 나머지 식구들은 위층에서 물건 가격을 맞추는 프로그램 〈바로 이 가격이다〉를 시청했다. 하와이안 셔츠 차림의 참가자가 핀 사이로 공을 떨어뜨려 넣는 플린코 게임을 하다가 이성을 잃었을 때였다. 문 두드리는 소리가 났다. 나는 창문을 내다봤다.

"코가 아주 큰 남잔데."

실라 누나 얼굴이 빨개졌다 하얘졌다가 퍼렇게 변했다.

"괜찮아. 들어오라고 해. 언젠가는 만나 봐야 하니까." 엄마가 말했다. 불쌍한 엄마. 백기를 갖고 있었다면 내가 졌다 하며 들고 흔들었을 것이다.

실라 누나가 밖으로 나갔는데 돌아오지 않았다.

"걱정 마. 방법이 있어."

내가 살짝 열린 현관문 뒤쪽에 바싹 붙어 섰을 때 피우스 형이 친구들과 함께 계단을 올라왔다.

"우리 집 문짝이 언제 바뀌었지?"

답은 '문이 살짝 열렸을 때'였지만 나는 아무런 대꾸도 하지 않았다. 할 일이 있었으니까.

"쉬, 난 지금 도청 중이야." 나는 거실을 향해 다 들리게 속삭였다.

"밥이 아직 부모님한테 말 안 했대."

"밥 왈, '아직 부모님한테 말 안 했어.'"

"누나 왈, '말해야지.'"

"밥 왈, '무서워.'"

"누나 왈, '너 참 불쌍하다.'"

"밥 왈, '아이를 없애야 해.'"

"누나 왈, '내 몸은 내가 알아서 할 거니까 신경 꺼.'"

"밥 왈, '그래, 네가 결정할 일이지. 미안해.'"

"누나 왈, '너랑 싸우고 싶지 않아.'"

"밥 왈, '나도 마찬가지야. 하지만 부모님한텐 말 못 해.'"

"누나 왈, '말해야 돼.'"

"밥 왈, '미안하지만 말 못 해. 부모님이 날 죽일 거야.'"

피우스 형이 날 밀치고 나갔다.

"내가 먼저 죽여 버리겠어."

문이 활짝 열리자 생중계를 할 수 있었다.

"피우스 형이 밥 형의 얼굴을 때렸습니다. 밥 형이 방금 피우스 형에게 개자식이라고 욕한 것 같습니다. 실라 누나는 '성모 마리아 님, 맙소사'를 연발하고 있습니다."

아빠, 엄마, 할머니가 문으로 달려왔다. 나는 할머니 품에서 고드를 안아 들었다.

"다 잘될 거야, 고드. 잘되고말고." 내가 말했다.

나는 모여드는 동네 사람들에게 손을 살짝 흔들어 주고는 고드와 함께 현관 앞 계단에 자리 잡고 앉았다. 피우스 형과 밥 형은 다시 맞붙어 싸울 자세를 잡았다. 어른들이 소리쳤다. "당장 그만 둬!" 아니, 내 생각에는 그렇게 말하는 것 같았다. 피우스 형의 친구들이 "그 자식 죽여 버려!"라고 외치는 소리에 묻혀 동네 사람들 소리는 거의 들리지 않았다. 피우스 형이 돌진하려는 황소처럼 뒷발질을 했다. 그때 실라 누나가 중간에 끼어들어 말했다.

"내 아이 아빠를 해치지 마."

동네 사람들이 숨을 헉 들이마셨다. 그제야 동네 사람들이 다 보고 있다는 사실을 알아차렸는지 엄마가 박수를 치기 시작했다.

"정말 대단하지 않아요? 우리 마을 최고의 청소년 연극단이에요."

할머니가 모두를 집 안으로 몰고 들어왔다. 실라 누나는 밥 형의 얼굴에 묻은 피를 밥 형의 티셔츠로 닦아 주었다. 자기 티셔츠로 피를 닦아 줄 만큼 밥 형을 사랑하지는 않는 모양이었다. 할머니가 주전자를 불에 올려놓고, 건포도빵을 잘랐다. 아빠가 코웃음을 쳤다.

"우리 마을 최고의 청소년 연극단이라니."

우리 모두 웃음을 터트렸다. 엄마까지도. 하키 패거리는 할머니의 건포도빵이 최고라고 칭찬했다. 할머니가 환하게 미소 지었다.

찻주전자가 다 비었을 때 피우스 형이 밥 형에게 임시 복싱 링을 보여 주겠다며 지하로 내려가자고 했다. 복싱 장갑도 껴 볼 수 있다고 했다. 밥 형은 좋다고 했다. 오늘 밤에 부모님한테 실라 누나 일도 이야기하겠다고 했다. 얼굴에 주먹 한 방 먹이고, 차 한 잔에 건포도 빵 한 조각을 먹인 효과가 아주 놀라웠다.

*

우리 가족사를 떠벌리지 말았어야 했는지도 모르겠다. 하지만 진정서를 보는 순간 다른 방법이 없었다. 진정서는 급식실 벽에 붙어 있었다. 내가 진정서 가까이 다가가자 하급생 한 명이 말했다.

"미안, 서명할 수밖에 없었어. 헤르페스(물집이 생기는 피부병)는 아주 전염이 잘 되는 병이거든. 특히 형 얼굴에 있는 건 더 위험하고."

나는 주위를 둘러보았다. 데이미언 클라크와 토마스 버젤이 배꼽 잡고 웃어 젖혔다. 모두의 시선이 내게 쏠렸을 때 나는 말했다.

"안 그래도 힘든 시기에 이런 장난을 치다니. 우리 누나가 임신했어. 우리 가족이 위기에 처해 있다고. 날 빤히 쳐다보는 게 아니라 기도를 해 주면 고맙겠어."

침묵이 사방에 깔렸다. 혼전 성관계는 우리의 종교적 신념에 어긋나는 일이었다. 그날 하루 종일 아무도 날 건드리지 않았다. 내 얼굴에 쏠리는 관심은 성공적으로 걷어 냈다. 대신 우리 가족의 수치스러운 일이 화제에 올랐다. 뭐, 그래도 대체로 괜찮은 하루였다.

*

학교를 마친 후 사이볼과 함께 시그널 언덕으로 고드를 밀고 올랐다.

"아기는 언제 나온대?" 사이볼이 물었다.

"9월에. 실라 누나는 벌써 임신 3개월째야."

사이볼이 고드의 뺨을 꼬집었다.

"넌 이제 찬밥 신세 될 거야, 친구."

"아무도 고드를 대신할 수는 없어."

우리는 언덕 꼭대기에서 담벼락에 기대앉아 항구를 내려다봤다. 사이볼이 고드를 자기 무릎에 앉혔다. 바람이 우리 얼굴을 때렸다. 저 멀리 보이는 성당이 오래된 건물들과 알록달록한 주택들에 둘러싸여 있었다. 해안 경비대 보트가 수로를 빠져나갔다.

"이런 곳에 살다니 우린 행운아야. 그지, 사이볼?"

"그래."

나는 지금 시간이 몇 시인지 궁금했다.

"첫 댄스 수업이 곧 시작해." 내가 말했다.

"하지만 댄스복이 없잖아."

"댄스복 얘기만 꺼내면 아빠가 입 다물라고 해. 그래도 신발에 붙일 동전 몇 개는 구했어."

"그렇게는 안 돼. 너무 프로답지 못하잖아."

"그럼 어떡하라고?" 내가 물었다.

"이렇게 하는 거 어때? 일단 댄스 연습하러 가서 오플래허티 신부님한테 수업 끝날 때 돈을 내겠다고 하는 거야. 그동안 내가 고드를 너희 집에 데려다주고, 버스 타고 집에 가서 내 은행 카드를 가져올게. 그러고는 로열 은행에 가서 돈을 뽑아 BIS로 갈 테니까 수업 끝나고 만나자."

"진짜 그래도 돼?"

나는 깜짝 놀랐다. 중학생이 은행 카드를 갖고 있다고?

사이볼이 한 팔을 내 어깨에 둘렀다.

"친구 됐다가 뭐 할래?"

우리는 구불구불하고 가파른 시그널 언덕을 내려갔다. 짜증을 잘 내지 않는 고드가 짜증을 부렸다.

그나마 똑바로 뻗은 비탈길에 도착했을 때 내가 말했다.

"좋은 생각이 있어."

나는 사이볼에게 유모차를 넘겨주고 앞으로 쭉 달려갔다.

"됐어. 이제 유모차를 놔." 내가 돌아서서 고드를 잡을 준비를 하며 말했다.

사이볼이 웃었다.

"뭐? 난 못 해."

"아니, 할 수 있어. 내가 잡을 테니까 걱정 마."

사이볼이 어깨를 으쓱하면서 잡고 있던 유모차를 놓았다. 유모차가 비탈길을 달려 내려오자 고드가 소리를 질렀다.

"내가 잡을게, 고드! 내가 잡을게!" 내가 소리쳤다.

유모차가 내 쪽으로 달려왔다. 유모차가 가까이 왔을 때 내가 손을 뻗어 고드의 허리를 잡아채 올렸다.

"바!" 고드가 소리쳤다.

사이볼이 뛰어 내려왔다.

"또 하고 싶은가 봐." 내가 말했다.

다음번에 똑바로 뻗은 길에서는 서로 위치를 바꿨다. 내가 사이볼에게 고드를 잡으라고 했고, 사이볼이 멋지게 해냈다.

언덕 아래에서 내가 말했다.

"할머니가 오늘 아침에 건포도빵을 만들었어. 네가 난민이 아니라도 하나는 주실 거야."

사이볼이 고드에게 안전벨트를 채웠다.

"아, 그건 걱정 마. 적어도 세 개는 얻어먹을 수 있어."

"어떻게 할 건데?"

"온갖 아첨으로 할머니 마음을 쏙 빼앗는 거지."

"제발 그러지마. 우리 할머니 숨넘어가."

사이볼은 고드를 집에 데려다주러 갔고, 나는 BIS로 향했다. 오플래허티 신부님은 성직자인 만큼 나중에 돈을 내겠다는 내 말을 믿을 수밖에 없다면서 댄스복을 내주었다. 나는 뉴펀들랜드 타탄체크 무늬 바지에 바스락거리는 새하얀 셔츠를 입고 타탄체크 무늬 조끼까지 걸쳤다. 의상까지 갖춰 입으면 진짜 댄서 느낌이 날 거라고 생각했다. 근데 이게 웬걸, 초록 요정이 된 것 같았다. 그게 뭐 나쁘다는 말은 아니지만.

나는 마지막으로 댄스화를 신었다. 빌리의 댄스화처럼 오래되고 낡은 게 아니라 눈부시게 반짝거리는 새 것이었다. 검정색 댄스화의 은색 바닥은 동전과 비교도 할 수 없을 정도로 멋진 소리를 냈다. 나는 으스대면서 화장실을 나와 복도를 거닐었다. 딸깍. 딸깍. 딸까닥 딸깍.

가슴을 쫙 펴고 연습실로 들어가 일정 간격을 두고 늘어선 댄서들 사이에 자리 잡고 섰다. 오플래허티 신부님이 목청을 가다듬었다. 내가 고개를 들자 신부님이 문을 가리켰다.

"초보자 연습실은 복도를 따라 내려가 오른쪽 두 번째 방이야."

내가 미소 지었다.

"2주만 기다려 주세요. 전 곧 돌아올 겁니다."

복도를 따라 내려가면서 속으로 피식 웃었다. 나보고 초보자라니, 하! 초보자는 〈리버 댄스〉를 연속으로 두 번이나 보지 않는다. 상연 시간이 71분이나 되는 걸 초보자가 어떻게 본단 말인가! 프로의 열정이 있어야 가능한 일이다.

나는 오른쪽 두 번째 문으로 걸어 들어갔다. 몇몇 연습생은 키가 내 무릎에도 닿지 않았다. 제일 커 봤자 내 어깨에 간신히 닿았다.

선생님이 자기소개를 했다.

"난 브라이언이야."

"나도 알아."

나보다 한 학년 어린 같은 학교 학생이었다.

초보자들은 대서양에 발을 담근다는 느낌으로 발가락 구부리기 연습을 했다.

"부르르르" 브라이언이 추워서 떠는 소리를 냈다.

어린 친구들이 참 재미있게 놀고 있었다.

하지만 나는 부르르가 아니라 크르르르 하고 울부짖었다.

이번에는 다들 방을 가로질러 태평양으로 건너뛰었다.

"아, 훨씬 따뜻하다." 브라이언이 연기했다.

"브라이언, 내가 이런 말 한다고 기분 나쁘게 듣지는 마. 너무 유치해서 내 수준이랑은 안 맞네."

잠시 후 나는 오플래허티 신부님 연습실 창문에 붙어서 안쪽을 힐끗거렸다. 다들 그레이트 빅 시(뉴펀들랜드 출신의 록 밴드)의 〈메리 맥〉에 맞춰 춤추고 있었다. 나는 양손을 엉덩이에 올린 채 연습실 안으로 뛰어 들어갔다. 두 다리를 최대한 넓게 벌리고 턱을 치켜 들었다.

잘 보라고, 얼간이들아. 텅 소리와 함께 착지해 경악에서 경탄의 표정으로 변하는 연습생들 사이를 누비며 계속 춤췄다. 항상 남을 생각하고 배려하는 성격인지라 고환을 걷어차는 불상사를 방지하려고 발차기 타이밍을 조절했다. 세 번째 줄 마지막에서 오플래허티 신부님이 내 앞을 가로막았다. 하지만 육탄 공격에도 날 막지는 못했다. 나는 두 팔을 옆구리에 딱 붙인 채 제자리에서 스텝을 밟았다.

"다 끝났니?" 신부님이 물었다.

나는 숨이 가빠 헐떡거렸다.

"어땠어요?"

신부님의 턱이 딱딱하게 굳었다.

"둘 중 하나를 택해. 초보자 연습실로 돌아가든가 집에 가든가."

"그건 너무 어려운데요." 내가 헉헉거리며 말했다.

"그렇다면 쉽게 해 주지. 그냥 집에 가."

나는 다행이다 싶었다. 발이 아파 죽을 것 같았으니까. 다음 주에 기분이 좀 나아지면 더 좋아질 것 같았다.

나는 딸깍거리면서 문으로 향했다.

"핀바?" 신부님이 불렀다.

나는 우뚝 멈춰 섰다. 이제야 신부님이 내 실력을 알아봤다고 말하려는지도 몰랐다. 고된 내 노력이 결실을 맺을 수도 있었다.

"다시 돌아오지 마라." 신부님이 말했다.

내 인상이 구겨졌다.

"네?"

"댄스복은 보관실에 두고 가."

내 턱이 딱딱하게 굳었다.

"신부님은 꿈을 짓밟는 악당이에요. 희망을 꺾고 영혼을 짓이기는 악마라고요."

"그럴지도 모르지. 어쨌든 넌 동네 연극단에 더 잘 맞을 것 같구나. 극적인 연기에 재주가 있어 보이니."

동감이올시다. 내가 극적인 연기는 좀 하지. 어쩌면 연극적 재능을 타고났는지도 모르겠다. 그건 그거고 칭찬 한마디에 이대로 홀랑 넘어갈 수는 없다.

"잘 보셨어요, 신부님. 제가 연극적 재능이 좀 있거든요. 그럼 제가 작별 인사를 드려도 될까요?"

나는 목청을 가다듬었다.

"은메달은 은색이요, 동메달은 갈색인데 왜 신부님 얼굴은 똥색 같나요?"

남자아이들이 배꼽 빠지도록 웃어 젖혔다. 오플래허티 신부님이 식식거리며 콧김을 뿜었다. 더 했다가는 신부님 숨이 꼴까닥 넘어가 인공호흡을 해 줘야 할까 봐 나는 재빨리 자리를 떴다. 신의 종복인 신부님께 인공호흡을 해 주지 않겠다니 가톨릭 교인답지 않은 짓이다. 하지만 한창 자라는 꿈나무의 희망과 꿈을 짓밟는 짓도 마찬가지다.

나는 보관실 바닥에 무용복을 허물처럼 벗어 던져 놓고 밖으로
나가 사이볼을 기다렸다. 지금쯤 한창 바쁘게 달려오는 중이겠지.
헛걸음치게 만들어서 기분이 찜찜했다. 힘들게 가져온 돈을 안 쓰
는 것도 미안하니 케인스에서 플렉스(자기만족이나 자기과시를 위해
값비싼 물건을 구입하는 일)나 실컷 하자고 해야겠다.

*

"오플래허티 신부님 같은 사람들 말은 듣지 마. 눈앞에 들이대 줘
도 재능이 뭔지 모를 사람이니까." 사이볼이 말했다.

"나도 알아. 그래도 마음이 아프다고."

"탄산음료를 잔뜩 마셔서 아픔을 익사시켜 버리는 거야."

"칩과 캐러멜 바도 같이 먹을까?"

"그거 좋지."

우리는 식량을 챙겨 비와 안개를 막아 주는 배너먼 공원 야외 음
악당으로 향했다. 엉덩이가 얼어붙을까 봐 무릎을 꿇고 앉아 후드
를 젖혔다.

"난 이런 날씨가 좋아." 사이볼이 말했다.

"나도야. 살아 있는 느낌이 나거든."

"따뜻한 날씨는 지루해. 안이나 바깥이나 똑같거든. 꿀꿀하고 추

운 날에는 빰이 차갑게 얼어붙어서 녹을 생각을 안 해. 그럼 엄마가 손등으로 빰을 문질러 주고 설탕 듬뿍 넣은 차를 끓여 준다고."

"난 가끔씩 안개가 완두콩 수프처럼 짙어질 때 시내로 나가. 짙은 안개 속에서 골목골목을 걸어 다니며 마테체(날이 넓고 무거운 칼)를 든 연쇄 살인범에게 살해당하는 상상을 해. 물론 그런 일은 절대 일 어나지 않겠지만."

"다음번에는 같이 가자. 같이 죽음을 맞이하는 거야."

"그거 좋은데."

갈매기 한 마리가 야외 음악당 계단에 내려앉았다. 사이볼이 칩한 조각을 던져 주었다.

나는 한쪽 눈을 감고 탄산음료 캔 속을 들여다봤다. 왜 그랬는지는 모르겠다. 탄산음료 색깔이 분홍색인 건 이미 알고 있는데.

"양로원에 가 볼까?" 사이볼이 물었다.

좋은 생각이었다. 노인장들과 춤 한판 추면 기분이 싹 달라질 것 같았다.

"넌 뉴펀들랜드 날씨 같아." 내가 말했다.

"왜? 살아 있는 느낌을 주니까?" 사이볼이 웃으며 말했다.

"아니, 완두콩 수프처럼 우엑이니까."

그러자 사이볼이 칩을 냅다 던졌다. 칩 한 조각이 내 코에 맞고 튕겨 나갔다.

"가자. 가서 댄스 한판 시끌벅적하게 벌여 보자고."

*

마지막 기회 공연실에서 버스터 할아버지, 에디 할머니, 그 밖에 다른 몇몇 노인들과 한 자리에 앉았다. 양로원에 도착했을 때 다들 로비에 있어서 이렇게 말했다.

"춤추러 가요."

그러자 모두 일어서서 날 따라왔다. 하멜른의 피리 부는 사나이가 된 기분이었다. 노인들이 생쥐도 아니요, 나한테는 피리도 없었지만.

버스터 할아버지가 지팡이로 바닥을 두드렸다.

"노래하고 춤추는 건지 뭔지 그거 할 거냐?"

"두말하면 잔소리죠. 그 전에 먼저 준비할 게……."

나는 사이볼과 함께 동전이란 동전은 다 긁어 모아서 노인들 신발 밑창에 붙였다. 우리 신발도 빼놓지 않고. 준비가 끝나자마자 모두 일어서서 공연실 중앙으로 이동했다. 전통적인 뉴펀들랜드 키친 파티가 열렸던 장소다. 신발 소리는 내가 예전에 신었던 신발 소리보다 훨씬 좋았다. 공연실 음향 효과는 짱이었다.

우리는 〈럭키스 보트〉와 〈래틀링 보그〉를 불렀다. 탭댄스, 셔플 댄스, 부기 댄스(강하고 빠른 리듬의 블루스), 왈츠까지 모두 섭렵했다. 나는 얼음장 같은 에디 할머니의 두 손도 잡았다. 다 같이 손에 손을 잡고 게걸음 치면서 동시에 딸깍거렸다. 사람들이 점점 더 많이 모여들었다. 사이볼은 휠체어를 탄 사람 주변을 빙글빙글 돌았다. 정형 신발을 신은 할머니는 느릿하게 찰스턴 스텝을 밟았다. 느려도 눈을 확 잡아끄는 춤 솜씨였다. 모두가 내 주변에 둥글게 원을 그리고 섰다.

"지금이야, 배리!" 버스터 할아버지가 외쳤다. 나는 인류 역사상 가장 빠른 스텝을 밟았다. 내 얼굴에 세상 거만한 표정이 떠올랐다.

'오플래허티 신부님이 지금 내 모습을 보면 좋을 텐데.' 이런 생각이 들었다.

7장

4월인데 세찬 눈보라가 3일 내내 이어졌다. 부활절도, 성금요일 (예수가 십자가에 못 박혀 죽은 일을 기념하는 날)도 눈보라에 묻혀 버렸다. 나는 계란에 색칠하기 활동으로 가족 간의 유대를 다져 보자고 했지만 다들 핑계를 대고 빠져나갔다. 실라 누나는 토할 것 같아서 계란을 쳐다보지도 못하겠다고 했다. 피우스 형은 계란 장식은 얼간이나 하는 짓이라고 했다. 어른들은 〈지저스 크라이스트 슈퍼스타〉를 시청했다. 계란 색칠하기에 쥐꼬리만 한 관심이라도 보이는 사람은 고드뿐이었다. 아직 근육이 발달하지 않아서 문제였지만.

눈보라가 닥치기 전에 부활절 초콜릿을 사 됐는지 엄마한테 물어봤다. 엄마는 그건 아니지만 칠면조가 있으니까 완전 망한 건 아니라고 했다.

"완전 망한 건 아니라고? 미스터 솔리드 부활절 토끼 초콜릿이 없으면 완전 망한 거야."

부활절 토끼는 내 이가 처음 났을 때부터 미스터 솔리드 부활절 토끼 초콜릿을 가져다줬다.

텔레비전에서는 마리아 막달레나가 예수에게 〈모두 잘될 거예요〉를 불러 주고 있었다. 엄마가 끼어들어 내게도 그 노래를 불러 주었다.

"모든 게 다 잘 안 될 거야!" 내가 소리 질렀다.

"바!" 고드도 아빠의 무릎 위에서 소리쳤다.

나는 주방으로 쳐들어가 냉장고를 들여다보았다. 달걀 네 개가 남아 있었다. 아이 한 명당 하나다. 나는 매직펜으로 달걀에 이름을 적었다. 피우스 형, 배불뚝이, 핀바, 고드. 그러고는 밖으로 나가 달걀 네 개를 창문에 집어던졌다. 참교육 좀 받아 보라고!

눈이 깊게 쌓였지만 큼직한 부츠를 신고 있어서 요크 대로에서 하버 라이트 센터까지 터덜터덜 걸었다. 안에서 누가 나올 때까지 눈뭉치를 계속 던졌다.

"절름발이 스티븐, 제발 나와요." 내가 애원하듯 말했다.

"누가 찾아왔다고 할까?" 그때 문간에 나온 남자가 물었다.

"스콰이어가 찾아왔다고 전해 줘요." 나는 신비스러운 인사인 척 두루뭉술하게 말했다.

잠시 후 스티븐이 나왔다.

"들어와, 스콰이어. 차 한 잔 마실 참이었어." 스티븐이 말했다.

나는 스티븐을 따라 커다란 주방으로 들어갔다. 초대형 탁자에 둘러앉은 사람들 사이에 자리를 잡고 앉았다. 얼굴에 문신을 한 남자가 미스터 솔리드 토끼 초콜릿을 내 앞에 내밀었다.

"옜다, 너 먹어라."

"감사합니다, 선생님. 선생님을 제 우상으로 받들겠습니다."

나는 포장지를 뜯고 귀부터 한 입 물어뜯었다. 알고 보니 누가 부활절 토끼 초콜릿 한 상자를 기부해 준 모양이었다.

"여러분, 모두 주목해 주세요. 올해는 부활절 토끼가 정신이 딴 데 팔려서 제 할 일을 잘 못 하고 있어요. 십대 딸이 임신했거든요. 제가 센터 앞 눈을 치워 드릴 테니 부활절 크림 달걀 7개를 주시는 거 어때요?" 내가 제안했다.

"좋아." 얼굴 문신남이 흔쾌히 수락했다.

"하지만 나도 도울게. 쉬운 일이 아니거든."

우리는 모두 밖으로 나갔다. 눈을 쓸어 옆으로 치우면서 문신남이 막 출소했다고 말했다.

"무장 강도 짓으로 6년을 빵에서 썩었지. 어이, 친구, 뭔 짓을 해도 마약은 절대 하지 마." 문신남이 말했다.

안으로 들어가자 얼굴이 길고 노란 아저씨가 소베이스 마트 비닐봉지에 크림 달걀을 7개 넘게 채워 주었다.

"고마워요, 아찌."

절름발이 스티븐은 몸 좀 덥히라고 따뜻한 핫초콜릿을 만들어 줬다. 우리는 사람들에게 공연자의 삶이 얼마나 고단한지 이야기했다.

"동감이에요, 동감. 저도 엄지발가락에 물집이 생긴 것 같아요."

이번에는 스티븐이 《롤링 스톤》 잡지에 자기 사진이 실린 이야기를 했다.

"1979년이었어. 내 친구 조 스트러머(영국의 대표적인 펑크 록 그룹 클래쉬의 멤버)가 공연 무대 위로 날 끌어올렸어. 그날 내 춤 솜씨가 무대를 접수했다고 해 두지."

스티븐이 일어나서 절뚝거리며 주방 싱크대로 향했다. 문신남이 내게 윙크했다. 이야기를 지어내는 스티븐이 안쓰러웠다. 스티븐은 분명 실제로도 멋진 생을 살았을 게 분명했다. 왜 진짜 자기 이야기는 하지 않는 걸까?

나는 스티븐을 따라 싱크대로 가서 속삭였다.

"왜 얼굴에 문신을 하는 걸까요? 전 제 얼굴의 이 애물단지를 어떻게든 없애 버리고 싶은데요."

"내가 다리를 고치면 뭐가 되겠니? 난 절름발이로 유명해. 믹 재거가 두툼한 입술로 유명하듯이. 재거가 입술 성형을 했다면 노래도 달라졌을걸." 스티븐이 말했다.

나는 앞니를 내민 채 노래를 불러 봤다.

또 누군가가 한 줌 흙이 되네.

노랫소리가 이상했다.

"춤 한번 춰 봐, 배리." 누군가가 말했다.

얼굴 문신남이 나를 탁자 위로 들어 올렸다. 또 누군가가 바이올린을 연주했다. 노숙자들 흥을 돋워 준다 생각하니 기분이 좋았다. 좋았어, 따분한 그들의 일상에 뭔가를 더해 주고 싶었다.

*

집으로 가는 길에 한라한 아주머니 집에 들렀다. 한라한 아주머니 남편은 마운트 카셀 고아원에서 자랐는데 자살했다. 그 후 몇 년이 지나서 그리스도 형제단이 남자아이들을 학대했다는 사실이 밝혀졌다. 그 길로 엄마는 성당에 발길을 끊었지만 아빠는 아직 성당에 다녔다. 엄마가 집에서 일요일 저녁을 준비하는 동안 아빠는 우리를 성당에 데려갔다. 한라한 아주머니가 참 안됐다 싶었다. 자식들이 새벽녘에 잠옷 차림으로 이웃집 화분을 집어 들어 던지는 말썽쟁이들이었으니.

한라한 아주머니가 문간에 나왔을 때 내가 물었다.

"이번 주에 마트에 가세요?"

아줌마가 안 나간다고 해서 소베이스 봉투에 든 물건들을 드렸다. 부활절 달걀 7개만 빼고.

"부활절 잘 보내세요."

"고맙구나, 핀바. 너랑 오브라이언 부인 덕분에 부활절 준비가 끝났어. 오브라이언 부인이 오늘 아침에 칠면조를 가져왔더라고."

"눈보라 때문에 다들 힘들죠." 내가 이렇게 말했지만 사실 한라한 아주머니는 항상 살기 힘들었다.

집에 도착하니까 아빠가 창문을 닦고 있었다. 눈발이 다시 거세지기 시작해서 아빠 모습이 잘 보이지 않았다.

"문제 좀 만들지 마, 배리. 안 그래도 문제가 넘쳐 나." 아빠가 투덜댔다.

"문제라니? 엄마는 진정제를 먹고 있고, 실라 누나는 임신했을 뿐이잖아. 암 진단 같은 걸 받지도 않았는데 무슨 문제가 있다고 그래?" 아빠가 다른 시각으로 세상을 바라보길 바라는 마음에서 한 소리였다. 하지만 아빠 얼굴이 붉으락푸르락 변했다.

"배리, 말하기 전에 생각 좀 하는 게 어떠니?"

"아니, 말은 당연히 생각해야 나오는 건데 대체 뭔 소리 하는 거야?"

나는 집 안으로 걸어 들어갔다.

"그건 그렇고 내가 망한 부활절을 살렸어." 내가 소베이스 비닐봉지를 들어 올리며 말했다.

＊

　토요일에는 전기가 나갔다. 그런데 그날이 최고의 날이 됐다. 모두가 벽난로 주위에 둘러앉았다. 배가 고프면 프라이팬을 불 위에 올려놓고 볼로냐소시지를 구워 먹었다. 단어 만들기 스크래블 게임을 할 때는 내가 없는 말을 지어내도 점수를 줬다. 퀴즈 게임에서는 아빠가 예술과 문학 분야 질문을 했다.

　"'비너스의 탄생'을 그린 사람은?"

　실라 누나가 한 손을 배에 올렸고, 엄마도 손을 뻗어 누나의 배를 만지며 물었다.

　"아직 발차기 안 하니?"

　미소 짓는 실라 누나의 두 눈에 물이 찰랑거렸다. 전기가 다시 들어왔을 때 내 눈에도 물이 찰랑거렸다.

＊

　부활절 아침에 어른들은 늦잠을 잤다. 눈이 너무 많이 와서 성당에 못 가기 때문이다. 엄마는 성당에 가지 않지만 할머니와 아빠는 성당에 우리를 끌고 갔는데 말이다. 나는 고드를 아래층으로 데리고 내려가 식구들 식탁 자리에 부활절 크림 달걀을 하나씩 꺼내 놓았다. 부활절 달걀 하나는 고드의 아기 의자 식판에 올려 주었다.

"넌 이가 하나밖에 없으니까 그냥 상징으로 놓아둔 거야. 그래도 걱정 마, 노른자 좀 핥아 먹게 해 줄게." 10시가 됐는데도 다들 아직 자고 있어서 내가 소리쳤다.

"예수님도 죽었다 살아나신 날이야. 그건 못 해도 침대 밖으로 나오긴 해야 할 거 아냐!"

잠시 후, 가족들이 하나둘 나타났다.

"봐, 부활절 토끼가 왔어." 내가 말했다.

할머니가 잠옷 가운 위로 벨트를 단단히 조여 맸다.

"어머나, 배리. 요 이쁜 내 새끼."

"꼴랑 달걀 하나네." 피우스 형이 자기 달걀을 반으로 베어 물면서 말했다.

"참 감개무량하다."

노른자 덩어리가 피우스 형 가슴에 떨어졌다. 실라 누나는 배를 움켜쥐었다.

"난 토할 것 같아."

엄마는 아빠에게 고개를 끄덕였다.

"위층에 가서 젤러스 봉투 가져와요."

"마트에 안 간 거 아니었어?" 내가 물었다.

"그냥 놀린 거야. 부활절 토끼가 널 실망시키겠니?" 엄마가 말했다.

아빠가 돌아왔고, 엄마는 식구들에게 미스터 솔리드 토끼 초콜릿과 초콜릿 달걀을 하나씩 건네주었다. 달걀은 종이 상자 안에 들어 있었고, 투명한 비닐 막 너머로 하얀색 이름 장식이 보였다. 나는 상자를 뜯어서 F자를 떼어 냈다. 엄마가 내 머리카락을 헝클어뜨렸다.

"부활절 토끼가 잠들어서 미안해. 약을 먹으면 졸리거든."

그날 밤 우리는 모두 식탁에 둘러앉았다. 일곱 명 모두가 모여서 칠면조로 배를 채웠다. 하느님이 우리한테 잘해 주셔서 고마웠다. 한라한 가족에게도 잘해 주시면 좋겠다.

*

밤새 눈이 그쳤다. 다음 날은 눈 더미에 파묻힌 도시를 파내느라 분주했다. 삽질하는 소리는 시끄러웠지만 끼끽거리는 빨랫줄 소리는 제일 좋았다. 추워도 화창한 날이었다. 엄마는 기분이 한껏 들떠 있었다.

"빨래 널기 좋은 날이에요." 엄마가 뒷문 계단의 눈을 치우는 오브라이언 아주머니에게 인사했다.

오브라이언 아주머니가 웃었다.

"정말 그러네요."

할머니는 고드의 입에 오트밀을 떠 넣어 주었다.

"이 난 거 봤어요? 껌 같아요."

"많이 컸어." 할머니가 말했다.

엄마가 흡족한 표정으로 다가왔다.

"길이 뚫렸으니까 우주복 사러 가야겠어."

바로 그때 실라 누나가 아래층으로 내려왔다. 한 손을 배에 올린
채 울고 있었다. 우리 셋 다 벌떡 일어났다.

"무슨 일이니?" 엄마가 물었다.

실라 누나의 목소리는 속삭임에 가까웠다.

"밥이 헤어지재."

*

피우스 형은 다시 밥의 코에 주먹을 한 방 먹여 주겠다고 했다.

아빠가 그러지 말라고 했다.

"밥의 부모님은 내가 난잡하게 놀아났다고 생각해. 내 배 속의 아
기가 밥의 아이가 맞는지 어떻게 아냐고 한대." 실라 누나가 말했
다.

"그거야 뭐, 코쟁이 아기가 나오면 확실해지겠지."

내가 말했다.

"핀바! 너희들 모두 똑똑히 알아 둬. 사람 겉모습을 갖고 놀리면
안 돼." 할머니가 야단쳤다.

"아니, 이런 때에 어떻게 내 얼굴 얘기를 꺼낼 수 있어?" 내가 불
만을 터뜨렸다.

180

엄마가 실라 누나를 양팔로 껴안았다.

"다 잘될 거야. 그분들 생각도 달라질 거야."

"그렇게 안 되면요?"

"우리가 있잖니. 우린 항상 네 곁에 있을 거야." 엄마가 실라 누나를 다독였다.

"옳소! 옳소!" 내가 맞장구를 쳤다.

아빠가 비디오테이프 하나를 높이 들어 흔들었다.

"우리 한바탕 웃어 보는 거 어때?"

우리는 텔레비전 앞에 모여 앉았다. 〈폴티 타워즈〉가 시작되자 모두 웃었다. 호텔 간판이 폴티 타워즈가 아니라 팔티 타월즈, 구린 내 나는 수건이라니.

껄껄껄. 깔깔깔. 까르르.

*

긴 휴가가 끝나면 언제나 학교 가기가 힘들었다. 그래도 맥그로 선생님 수업에 늦지 않아서 솔트워터 사탕을 노려 볼 생각이었다.

"쌤, 좋은 아침이에요. 오늘은 파스텔 블루 솔트워터 사탕 갖고 계시면 좋겠는데요."

맥그로 선생님이 미소 지었다.

"물론 있지."

수업 시간이 반쯤 지났을 때 데이미언 클라크가 미하일 고르바초프 대통령 사진을 건네주었다. 고르바초프 대통령의 대머리에 있는 포트와인 얼룩에다 화살표를 그려 넣은 사진이었다. 사진 위쪽에는 이렇게 적혀 있었다.

'오랫동안 연락 두절된 핀바 스콰이어스의 아빠.'

나는 그냥 미소 지었다.

"웃기네. 레알 웃겨."

그러고는 데이미언의 책상을 뒤집어엎어 데이미언까지 깔아뭉개 버렸다. 그나마 머클 교장 선생님 책상에 퓨리티 진저 쿠키 한 통이 있어서 좋았다. '성질 죽이겠습니다'를 백 번 써야 했지만 쿠키로 에너지를 충전했다.

*

학교 마친 후 사이볼과 함께 고드를 데리고 프레드 레코드 가게에 갔다. 토니 아저씨에게 위글스의 〈커다란 빨간 자동차〉를 틀어 달라고 했는데 놀랍게도 우리 부탁을 들어주었다. 우리는 고드의 유모차를 밀고 가게 안을 돌아다녔고 토니 아저씨는 노래를 따라 불렀다. '빵빵, 부릉부릉' 하는 노랫소리에 고드가 꺄꺄 소리를 질렀다. 손님들은 세상에서 제일 귀여운 아기 보듯 고드를 쳐다봤다. 실제로 고드는 세계 최고의 귀염둥이였다. 그 후에는 라스 과일 가게로 갔다. 하지만 과일은 사지 않고 커스터드 아이스크림 콘을 샀다. 고드가 아이스크림 콘을 잡으려고 했다.

"사이볼, 이거 봐. 고드 손등에 보조개가 있어." 내가 이렇게 말하자 사이볼이 대꾸했다.

"엄청 귀여워."

요크 대로로 돌아가는 길에 공중전화 부스에 들어가 코쟁이 밥의 전화번호를 찾아 봤다. '코쟁이'로 찾아 보니 당연히 없었다. 마이릭으로 찾아 보니 밥이 나왔다.

"신호가 가." 내가 말했다.

"여보세요?" 자애로운 엄마 목소리 같았다.

"거기 로빈 후드 있나요?"

"어…… 네, 있어요."

"세상에, 로빈 후드라니! 그 사람 빨리 쫓아내는 게 좋겠어요!"

그러고는 전화를 뚝 끊었다. 로빈 후드(캐나다 밀가루 상표명) 밀가루가 있다는 소리에 사람을 쫓아내라고 했으니 얼마나 황당했을까?

이번에는 사이볼 차례였다.

"여보세요?"

"거기 제미마 고모 있어요?"

자애로운 엄마 목소리가 이번에는 전혀 자애롭지 않았다. 제미마(앤트 제미마 팬케이크 상표명) 고모가 팬케이크 믹스라는 걸 알아차린 모양이었다.

"다시는 장난 전화하지 마, 이 변태 녀석들아!"

우리는 허리를 접고 신나게 웃어 댔다. 고드도 따라 웃었다.

"참교육 좀 해 줬으니 정신 차리겠지." 밥 형 식구가 뭘 배울지는
잘 모르겠지만 나는 이렇게 말했다.

사이볼이 전화번호부를 펼쳤다.

"널 괴롭히는 애 이름이 뭐야?"

나는 싱긋 웃었다.

"데이미언 클라크. 그건 왜?"

사이볼이 미소 지었다.

"두고 봐."

사이볼은 전화번호부를 넘겼고, 내가 데이미언의 이름을 찾아 짚
었다.

"여기 있다."

사이볼이 그 번호로 전화를 걸었고, 우리 둘 다 수화기에 귀를 갖
다 댔다.

"여보세요?" 데이미언이었다.

"아, 네, 월 부인 좀 바꿔 주시겠어요?" 사이볼이 말했다.

"전화 잘못 걸었어요."

"월 씨도 안 계시나요?"

"전화 잘못 걸었다니까요."

"해리 월 씨는요? 거기 없어요?"

"없어요."

"샐리 월은요?"

"몇 번 말해야 돼요? 전화 잘못 걸었다니까요."

"이해할 수가 없네요. 그 집에 월이 아예 없다고요?"

"없다니까요!"

"그거 이상하네요. 벽이 영어로 월^{Wall}이란 건 아시죠? 벽이 없으면 그 집 지붕은 뭐로 받치고 있나요?"

데이미언이 전화를 꽝 내려놓았다. 우리는 웃음을 빵빵 터트렸다.

"고마워, 사이볼. 덕분에 오늘 기분 최고야!"

사이볼이 내 어깨를 두드렸다.

"언제든지 말만 해."

공중전화 박스에서 나오는데 갈색 종이봉투에 병을 담아 든 남자가 비틀거리며 우리 쪽으로 다가왔다. 남자는 우리 앞에 멈춰 서더니 이렇게 말했다.

"내 얼굴이 그 모양이면 뒤로 걸어 다니겠다."

"꺼져." 사이볼이 소리쳤다.

"입 닥쳐, 똥남아." 남자가 맞받아쳤다.

순간 나는 말을 잃었다.

사이볼이 유모차를 움켜쥐고 남자를 깔아뭉갤 기세였다.

"가자, 핀바."

집에 도착했을 때 사이볼이 할머니에게 무슨 일이 있었는지 다 말했다.

"아이고, 불쌍한 우리 새끼."

할머니가 집에서 만든 빵을 큼직하게 두 조각 잘라 파트리지베리(호자덩굴, 흰 꽃이 피는 다년초, 그 열매) 잼을 듬뿍 발라 주었다. 사이볼은 바로 달려들었지만 나는 빵을 쳐다보기만 했다. 무언가를 알면서도 모를 수 있는 게 신기했다. '똥남아'라는 말이 그랬다. 한 번도 들어 본 적 없는 말이었지만 들으니까 무슨 뜻인지 알 수 있었다.

"사이볼?" 내가 사이볼을 불렀다.

"난 괜찮아. 빵이나 먹어."

"나도 괜찮아." 사이볼이 궁금해 할까 봐 말해 주었다.

나는 빵을 한 입 베어 물었다.

"알아, 핀바. 넌 다이아처럼 단단한 녀석이니까."

사이볼이 자기 집에 저녁 먹으러 오라고 초대했다. 내가 좋다고 말하고 사이볼과 함께 나가려는데 피우스 형이 날 한쪽으로 끌어당겨 속삭였다. 맵고 뜨거운 카레에는 바나나가 좋다면서 바나나를 가져가라는 소리였다. 하지만 사이볼 집에서 저녁 식탁에 오른 것은 뉴펀들랜드 전통 음식이었다. 샤르마 아저씨와 아주머니는 아주 좋은 분이었다. 두 분 모두 의사라서 나는 불쑥 이렇게 물어봤다.

"제 얼굴에서 이 반점을 없애려면 얼마가 들까요?"

샤르마 아저씨는 그쪽 전문가가 아니지만 피부과 레지던트 과정을 밟았다면서 레이저 수술이 가능하지만 보험이 되는지는 모르겠다고 했다. 샤르마 아주머니는 잘생긴 얼굴이라면서 손대지 말고 그대로 두라고 하셨다.

나는 집에 돌아와서 고드의 침대 옆에 앉았다. 고드는 이미 잠들어 있었다. 고드의 숨결이 들락날락하는 모습을 지켜봤다. 고드는 '똥남아'라는 말을 절대 들을 일 없기를 바랐다. 아기 침대 난간 틈새로 손을 뻗어 고드의 뺨을 만졌다. 고드는 누가 뭐라 하든 예쁜 아이였다.

*

강풍이 불어 집 안 전체가 흔들렸다. 나는 잠이 잘 안 와서 뒤척이다 마침내 잠에 빠져들었다. 잠에서 깼을 때 사방이 어두웠고 내 인생이 완전히 달라졌다.

피우스 형이 보이지는 않지만 곁에 있는 걸 알 수 있었다. 형이 한 손을 내 등허리에 대고 다른 손을 내 어깻죽지에 올리더니 날 끌어당겨 안았다. 뭔가 나쁜 일이 생긴 게 분명했다. 떨리는 형의 손, 떨리는 형의 숨결, 떨리는 집 안 공기가 일이 터졌다고 아우성쳤다.

피우스 형이 한 손을 올려 내 뒤통수를 잡고서 차가운 맨 가슴으로 끌어당겼다. 말할 수 있다면 했겠지만 차마 입 밖으로 낼 수 없는 일을 어떻게 말할 수 있을까?

바람이 창문을 흔들었다. 나는 집 바깥에 서 있다고 상상했다. 하늘을 올려다보자 하늘이 열린다. 우박이 내 얼굴로 쏟아져 내린다. 하지만 나는 말한다.

"괜찮아요, 하느님. 전 다이아몬드처럼 단단하니까요."

내가 미동도 없이 가만히 있자 피우스 형이 나를 앞뒤로 흔들기 시작했다. 앞뒤로 앞뒤로, 흔들흔들.

피우스 형이 드디어 말했다.

"아, 하느님, 하느님, 어떡해요? 아, 하느님, 어떡해!"

내가 물었다.

"할머니가?"

피우스 형이 침을 꿀꺽 삼키고 흐느꼈다.

"아니, 할머니 아냐."

나는 바로 알아차렸다. 두 팔로 피우스 형의 허리를 감싸 안고 소리쳤다.

"갠 아직 아기잖아."

*

피우스 형이 우리에게 담요를 둘러 주었다.

"엄마가 바람 소리에 깨서 고드를 보러 갔어. 그때 고드가 떠났다는 걸 알았지."

어떻게 그런 일이 생겼는지 묻지 않았다. 알고 싶지 않았다.

의료진과 경찰이 아직 집 안에 있어서 피우스 형이 날 아래층으로 데려갔다. 아빠는 코와 눈이 빨갰다. 의료진들에게 연신 고맙다고 했는데 뭐가 고맙다는 건지 모르겠다.

아빠가 날 쳐다봤다. 아빠의 떨리는 아랫입술이 열렸다.

"요람사인 것 같대."

"아기 침대는 아기를 죽이지 않아." 내가 고집스럽게 외쳤다.

거의 5월이 다 됐는데도 12월 같았다. 잠옷 차림이라 몸이 덜덜 떨렸다. 아빠가 난방을 켜고 빨래 바구니로 손을 뻗었다. 맨 위쪽에 개어 놓은 셔츠 하나를 집었다. 초록색 격자무늬 플란넬 셔츠, 아빠 셔츠였다. 아빠가 그 셔츠를 내게 입혀 주었다.

"난 올라가 볼게." 피우스 형이 말했다.

"난 가기 싫어." 내가 말했다.

아빠가 나와 함께 소파에 앉아 내 다리에 한 손을 올렸다. 우리는 소파 앞쪽 탁자만 노려봤다. 몇 분 후, 아빠가 내 손을 잡았다. 나는 싫었지만 그래도 아빠를 따라갔다. 엄마는 창문 옆 흔들의자에 앉아 있었다. 험티덤티 담요가 엄마 품속에 있었다. 고드가 그 안에 있는 것 같았다. 할머니는 엄마 옆에 서 있었다. 할머니 눈이 통통 부어 있었다. 실라 누나는 한쪽 구석에서 부푼 배를 크리스털 공이라도 되는 것처럼 문질렀다. 그때부터 실라 누나가 미워졌다.

엄마가 고개를 들었다. 엄마 얼굴이 달라 보였다. 더 길어진 것 같았다. 엄마의 모든 근육이 멈춰선 것 같았다.

"이리 와, 아들." 엄마가 날 불렀다.

내 가슴속 깊은 곳에서 사나운 짐승이 으르렁거렸다.

"싫어."

"배리." 아빠가 나무라듯 말했다.

실라 누나가 내게 손을 뻗었다. 뻔뻔스러운 배신자. 고드가 떠났는데 아기를 갖다니.

"손 치워. 가까이 오지 마." 내가 으르렁거렸다.

피우스 형의 손이 내 어깨에 닿는 것 같았다.

"이게 마지막 기회일지도 몰라."

나는 형의 손아귀에서 빠져나오려고 몸을 비틀었다. 그 바람에 형이 넘어질 뻔했다.

"배리, 그만해." 형이 날 말렸다.

"그냥 놓아줘." 아빠가 말했다.

의료진이 문 앞에서 날 가로막았다.

"얘야……."

절로 주먹이 쥐어져서 눈앞의 남자를 때리려고 했다. 하지만 남자가 내 손목을 움켜쥐었다. 나는 남자의 가슴에 머리를 박고 울고 싶었다. 하지만 여기서 울면 누군가가 죽었다고 인정하는 꼴이었다. 그래서 무릎으로 남자의 사타구니를 걷어찼다.

나는 배너면 공원으로 달려가 그네에 앉았다. 어둡고 춥고 바람이 울부짖는 날이었다. 고드가 덜컹거리는 창문 소리를 무서워 하지 않으면 좋겠다. 나는 해가 뜰 때까지 앉아 있었다. 아빠 셔츠가 날 끌어안아 주는 것 같았다. 배 속이 아우성쳤다. 고드가 곧 일어날 시간이었다. 평소처럼 고드에게 오트밀을 만들어 줘야지. 나는 좀 더 앉아 있었다. 내가 힘들게 잠들었다가 깨어났을 때 왜 피우스 형이 날 껴안고 있었는지 모르겠다. 꿈이었나 보다. 멀리서 아이들이 학교 가방을 메고 지나갔다.

젠장! 고드의 오트밀! 괜찮아, 할머니가 벌써 준비해 뒀을 거야. 시나몬 가루를 뿌렸겠지. 고드가 좋아하는 거니까.

한참 후, 나는 학교로 걸어갔다. 모두가 날 쳐다봤다.

"배리, 너 뭘 입고 있는 거야?" 토마스 버젤이 말했다. 내가 아래를 내려다봤다. 스파이더맨이 그려진 바지 차림이었다. 잠옷 같았다.

나는 맥그로 선생님 교실로 들어갔다. 예전에 선생님과 했던 약속이 생각했다. 잘하면 보상을 주겠다고 했다. 나는 자리에 앉았다. 맥그로 선생님이 날 보고 말했다.

"배리, 잠깐 밖에서 얘기 좀 할까?"

교실에서 끌려 나가는 느낌이 익숙했다.

"제가 뭐 나쁜 짓 했나요?" 내가 물었다.

"배리, 그런 일이 생기다니 정말 마음이 아프구나."

나는 주먹을 쥐고 선생님을 때리기 시작했다. 선생님이 내 손목을 움켜쥐자 나는 선생님 가슴에 머리를 박았다. 선생님이 두 팔로 날 안아 주셨지만 나는 시간이 얼마나 흘렀는지도 몰랐다. 세상이 제대로 돌아가지 않았으니까. 고드가 죽는 악몽을 꾼 이후로 세상이 멈춰 버렸다.

*

아빠가 날 집으로 데려왔다.

"고드는 장례식장에 있어."

다들 하루 종일 울었다. 멍청이들! 고드가 죽었다고 믿을 필요는 없었다. 아무도 강요하지 않았으니까.

나는 전쟁 기념비로 갔다. 사이볼이 날 보고는 두 손으로 머리를 감쌌다. 내가 사이볼의 머리를 쓰다듬어 주었다.

"울지 마. 사실이 아냐."

사이볼이 고개를 들었다.

"진짜?"

나는 소매를 잡아 올려 사이볼의 눈물을 닦아 주었다.

"당연하지."

사이볼은 내 말을 믿고 싶은 모양이었다. 그래서 이렇게 말했다.

"가자. 가서 보여 줄게."

집 안은 방문객들로 북적거렸다.

"이상하네. 뭐 축하할 일이 있나 봐." 내가 태연하게 말했다.

나는 몰래 집 안으로 들어갔다. 잠시 후에 유모차를 조용히 몰고 나왔다.

"고드는 밖에 나와서 기분이 좋은가 봐. 손님들이 너무 시끄럽게 굴었거든."

사이볼이 유모차를 쳐다봤다가 나를 올려다봤다.

"맙소사, 핀바. 외투를 활짝 열어 놨잖아."

내 눈에 눈물이 가득 고였다.

사이볼이 허리를 숙여 있지도 않은 지퍼를 잠그는 척했다.

"시그널 언덕으로 가자." 사이볼이 말했다.

언덕을 올라가는데 행인들이 우리를 쳐다봤다.

"네 차례야, 사이볼. 고드가 점점 무거워지고 있어."

사이볼이 유모차를 잡았다.

"살 좀 쪘는데, 고드. 너 완전 뚱뚱보 같아."

언덕 꼭대기에서 사이볼이 고드의 안전벨트를 단단하게 맸다.

"준비됐어, 고드?"

나는 아래로 냅다 달려가 고드를 받을 준비를 했다.

"준비 됐어, 사이볼. 고드 내려 보내!"

유모차가 내 쪽으로 달려 내려왔다. 고드가 보였다. 똑똑하게 보였다. 이가 드러난 환한 미소. 바람에 날리는 머리카락. 날 똑바로 쳐다보는 커다란 파란 눈동자. 내가 고드의 허리를 잡아채 안았다.

"잡았어, 고드. 내가 잡았어."

나는 무릎을 꿇고 앉아 두 팔로 텅 빈 유모차를 끌어안았다. 사이볼이 두 팔로 나를 끌어안았다.

"이제 어떡하지?" 내가 물었다.

"나도 몰라, 핀바."

*

우리는 길거리에 양반다리를 하고 앉았다.

"실라 누나의 아이가 이 유모차 쓰는 거 싫어."

사이볼이 주위를 둘러보았다.

"데드맨 호수에 던져 버리면 돼."

우리는 유모차를 덤불 속으로 밀고 들어가 물가에 다다랐다. 사이볼이 유모차 한쪽 끝을 들고 내가 다른 쪽을 들었다.

"하나, 둘, 셋."

커다랗게 '풍덩' 하는 소리가 나더니 유모차가 사라졌다.

우리는 집으로 돌아갔다. 온 세상이 째깍째깍 부지런히 돌아갔다. 사람들은 바쁘게 움직였다.

'다들 모르는 거야? 오늘 아기가 죽었다고.' 나는 속으로 이렇게 외쳤다.

사이볼은 우리 가족들을 모두 안아 주었다. 실라 누나까지도. 엄마가 가장 오랫동안 사이볼을 안고 있었다.

"고드가 널 좋아했어. 너도 알지?"

엄마의 말에 사이볼은 고개만 끄덕였다. 주방은 이웃들이 가져온 음식으로 넘쳐났다. 나는 배고프지 않았지만 할머니가 뭐든 먹어야 한다고 했다. 사이볼과 함께 앉아서 소고기 스튜를 먹었다. 실라 누나가 들어왔을 때는 숟가락을 놓았다. 사이볼이 내 방으로 날 따라왔다.

"누나가 싫어." 내가 말했다.

사이볼이 고개를 끄덕였다.

"알아."

사이볼이 떠날 때까지 함께 고 피쉬 보드게임을 했다.

사이볼은 떠나기 전에 전쟁 기념비에 계속 나올 거냐고 물었다.

"아무것도 바꾸고 싶지 않아." 모든 것이 달라졌지만 나는 이렇게 말했다.

"나도 매일 나갈게. 약속해." 사이볼이 말했다.

*

나는 잠에 빠졌다. 깨어났을 때는 여전히 어두웠다. 나는 고드의 방으로 갔다. 고드의 방바닥에 앉아 아기 침대 난간 틈새로 손을 넣었다. 텅 빈 공간을 손으로 더듬었다.

그러고는 부모님 방으로 가서 중간에 끼어들었다. 부모님이 두 팔로 날 껴안아 주었다. 나는 속으로 기도했다. 제발, 하느님, 부모님한테 괜찮아질 거라고 절 위로해 주라고 말해 주세요. 부모님은 아무 말도 하지 않았다. 어쩌면 하느님을 믿지 않는지도 모르겠다. 아니면 하느님이 부모님께 내 말을 아예 전하지 않았던가. 하느님이 또다시 내 믿음을 저버렸는지도 모르겠다.

*

할머니는 기계처럼 움직였다. 요리하고, 청소하고, 전화 걸고 받는 기계가 됐다. 나는 화장실을 지나쳐 걸어갔다. 할머니는 손과 무릎으로 기어 다니며 청소 중이었다. 실라 누나가 할머니를 지나쳐 가며 말했다.

"화장실 청소한다고 고드가 돌아오지는 않아."

"입 닥쳐, 누나." 누나 말이 틀려서가 아니라 누나가 싫어서 이렇게 말했다.

*

이후 며칠 동안 우리 몸뚱이에는 피가 흐르고 숨이 들락거렸지

196

만 살아 있다고 보기 어려웠다. 우리는 반쯤 죽어 있었다. 어쩌면 죽기 직전인지도 몰랐다. 우리의 커다란 일부가 떨어져 나갔다. 어마어마하게 커다란 일부가 사라졌다.

아빠는 침대에 앉아 손에 든 손목시계를 내려다봤다.

"몇 시에 고드가 떠났는지 궁금하구나." 아빠가 말했다.

참 이상한 것도 궁금하다. 그게 무슨 상관이 있지?

"몇 시에 태어났어?" 내가 물었다.

내가 아빠 질문에 놀랐듯 아빠도 내 질문에 놀란 것 같았다.

"새벽 2시 33분. 아주 통통한 녀석이었지. 허벅지가 스피드 스케이팅 선수처럼 탄탄했어."

아빠가 살짝 미소 지었다. 아빠는 시계를 손목에 찼다.

"고드가 그립구나, 배리."

"알아. 나도 그래."

*

사이볼이 탄산음료 두 병을 들고 전쟁 기념비에 나와 있었다.

"오늘은 뭐 하고 싶어?" 사이볼이 물었다.

"바닥을 신나게 두드려 패고 싶어."

우리는 양로원으로 향했다. 다들 알고 있었다. 지역 신문에 실렸으니까. 다들 말을 많이 하지 않았다. 몇몇은 안됐다고 위로했고, 버

197

스터 할아버지와 에디 할머니는 안아 주었다. 그게 전부였다. 그래서 더욱 감사했다. 이야기하러 온 게 아니었으니까.

우리는 마지막 기회 공연실로 갔다. 우리가 너무 시끄럽게 굴어서 사람들이 모여들었다. 〈스퀴드 지깅 그라운드〉, 〈앤트 마사스 십〉, 〈펠라 프롬 포춘〉 등 활기찬 노래가 이어졌다. 험티덤티 담요가 떠올라서 더욱 힘차게 춤췄다. 죽은 고드가 생각나서 더욱 큰 소리로 노래를 불렀다. 떠나기 전에 버스터 할아버지가 장례식이 언제인지 물었다.

"몰라요. 관심 없어요." 내가 이렇게 말하자 버스터 할아버지는 뭔가 말하려고 입을 열다가 다물어 버렸다. 내가 밖으로 나갈 때 버스터 할아버지가 잘 지내라고 인사했다. 나는 그러겠다고 대답했다.

8장

장례식장에 가야 했지만 나는 하버 라이트 센터로 향했다. 절름발이 스티븐이 어렸을 때 여동생을 잃었다고 했다. 여동생은 병을 갖고 태어나서 두 살 때 죽었다고 했다.

"여동생이 죽은 후 모습을 봤어요?" 내가 물었다.

"봤지. 내가 안아 주었어."

"전 고드를 안아 주지 않았어요. 고드가 천사가 됐다면 화낼지도 몰라요."

"설마 그 천사 같은 애가 화를 내겠어?"

나는 미소 지었다. 고드는 세상에서 가장 행복한 아기였다.

하루 종일 커다란 주방 식탁에서 카드놀이를 했다. 사람들은 자기들 인생 이야기를 했다. 거친 인생, 망가진 인생, 아늑한 인생, 힘든 인생, 갖가지 인생을 이야기하며 과거에 얽매이지 않겠다고 했다. 나는 언제나 고드가 날 꽁꽁 옭아매 주기를 바랐다. 그러지 않으면 고드를 잊어버릴지도 모르니까.

*

"난 안 가." 수백 번, 수천 번 말했다.

할머니가 포기했다는 듯 양손을 위로 치켜들었다.

"억지로 데려갈 순 없지. 어떻게 할까? 꽁꽁 묶어서 차에 태울까?"

"똥멍청이처럼 굴지 마, 배리." 피우스 형이 단호하게 말했다.

엄마와 아빠는 너무 지쳐서 대꾸할 기운도 없어 보였다.

실라 누나가 배를 문질렀다.

"그러지 말고 가자, 배리."

나는 꽃병을 집어 들어 벽에 던졌다.

"다 꺼져 버려!"

나는 엄마가 '성질 죽여, 핀바'라고 한마디 해 주기를 바랐다. 하지만 엄마는 꽃만 빤히 쳐다봤다.

"오브라이언 가족이 가져온 거야." 엄마가 힘없이 말했다.

"당장 치워, 배리." 아빠가 날 선 목소리로 말했다. 그러고는 다들 떠나 버렸다.

나는 창문 앞에 앉아 요크 대로를 내다봤다. 차 한 대가 멈춰 서더니 사이볼이 내렸다. 사이볼은 정장 차림이었다. 사이볼이 내게 손을 흔들었다.

"갈 거니?"

나는 고개를 가로저었다. 사이볼이 나를 쳐다봤다. 나도 사이볼을 쳐다봤다. 사이볼은 다시 차를 타고 떠났다.

나는 케인스 가게로 향했다.

"잘 지내니, 배리?" 부 아저씨가 인사를 건넸다.

"열쇠 사탕 주세요."

"여기 있다. 공짜야."

나는 열쇠 사탕을 빨면서 시내를 돌아다녔다.

거리 교차로에 도착했을 때 빵, 빵 하는 자동차 경적 소리가 들렸다. 뒤를 돌아보았다. 주님께 한 걸음 더 가까이 양로원 미니버스가 달려오고 있었다.

"하느님 맙소사!"

버스가 연석(차도와 인도 사이의 경계가 되는 돌)으로 올라와 내 발치 바로 앞에서 멈췄다. 문이 열렸다.

"서둘러, 어서 타!" 버스터 할아버지가 소리쳤다.

나는 냉큼 올라타서 에디 할머니 옆에 앉았다.

"버스 운전도 할 줄 아세요?" 내가 물었다.

버스터 할아버지가 웃었다.

"아니, 못 해."

"어디 가는 거예요?".

"어디 갈 것 같니?" 에디 할머니가 물었다.

나는 벌떡 일어섰다.

"난 안 가요."

버스터 할아버지가 액셀러레이터를 밟았다.

"아니, 갈 거야."

버스가 달려 나가는 반동에 의자 위로 털썩 주저앉고 말았다.

"성당이 가득 찼어. 하지만 네가 없으니 텅 빈 것 같아." 에디 할머니가 말했다.

나는 하루 종일 생각했던 말을 큰 소리로 내뱉었다.

"관을 보고 싶지 않아요."

버스터 할아버지와 에디 할머니가 백미러로 눈짓을 교환하는 것 같았다. 에디 할머니가 내 손을 잡았다.

"성당 앞쪽 탁자에 커다란 고드 사진이 있어. 원숭이 우주복을 입은 사진이야."

"고드는 카메라를 보고 웃고 있어. 혀는 쪽 내밀고 턱에는 침이 줄줄 흐르지." 버스터 할아버지가 이야기했다.

"그 사진만 봐, 배리. 고드와 함께했던 삶을 축하한다고 생각해."

축하하고 싶지는 않았지만 추억하고는 싶었다.

"알았어요." 내가 순순히 수긍했다.

에디 할머니가 내 손을 잡았다. 나는 빠르게 달리는 버스 안에서 긴장을 풀려고 애썼다.

＊

내가 들어가자 모두의 시선이 내게 쏠렸다. 엄마와 아빠가 양 옆으로 물러앉아 나는 그 중간에 앉았다. 부모님이 내 손을 꼭 잡아 주었다. 아기가 된 것 같아 싫었다.

오플래허티 신부님이 날 못마땅하게 쳐다봤다. 이런 상황에서 그런 눈빛을 보내다니 참 어처구니가 없었다. 나는 신부님을 무시해 버렸다. 원숭이 우주복을 입은 고드 사진만 바라봤다.

고드를 바다에 내던지는 척했을 때 고드가 얼마나 즐거워했던가. 그때 피우스 형 목소리가 들렸다. 피우스 형이 연단에 올라갔다. 고드가 얼마나 똑똑하고, 얼마나 재미있고, 얼마나 귀여운 아이였는지 이야기했다. 종이 바스락거리는 소리가 들려서 고개를 들었더니 피우스 형이 미소 지었다.

"친구들과 이웃들에게 고드와 함께 했던 추억을 이야기해 달라고 부탁했습니다."

케인스 가게의 부 아저씨는 제일 좋아하는 손님이 고드였다고 했다. 프레드 레코드의 토니 아저씨도 고드가 가게를 환하게 밝혀 줬다고 했다. 오브라이언 아주머니는 열린 창문으로 들리는 고드의 웃음소리를 좋아했다고 했다.

나는 고드의 사진을 바라보았다. 심장이 미어터졌지만 고드 없이는 텅 빈 것 같았다.

*

오플래허티 신부님이 우리 가족들과 악수를 나눴다. 내 차례가 됐을 때 나는 이렇게 비아냥거렸다.

"연설 실력 좀 키우셔야겠어요."

"그 분노도 다 지나갈 거란다." 신부님 말씀이었다.

피우스 형이 다가와 날 바깥으로 데리고 나왔다. 그러고는 두 팔을 활짝 벌리고 말했다.

"날 때려."

내가 팔을 크게 휘둘렀더니 피우스 형이 긴장했다. 나는 형의 입에서 바람 빠지는 소리를 간신히 들을 수 있었다.

형이 숨을 헐떡였다.

"기분 좀 나아졌어?"

내가 고개를 끄덕였다.

피우스 형이 다시 두 팔을 쫙 펼쳤다. 나는 그 속으로 걸어 들어가 형의 품에 꼭 안겼다.

"우린 이겨 낼 거야." 형이 말했다. 나는 형의 말을 거의 믿을 뻔했다.

*

집에 돌아갔을 때 할머니가 오브라이언 아주머니에게 고드가 SIDS로 죽은 것 같다고 했다.

"그게 뭐예요?" 내가 물었다.

할머니가 내 차에 설탕 세 숟가락을 더 넣어 주며 설명했다.

"영아 돌연사 증후군이야."

나는 차를 싱크대에 부어 버렸다.

사이볼과 부모님이 위로의 말을 전했다. 그 밖에도 많은 사람들이 찾아왔다. 무슨 파티 같았지만 파티와는 거리가 멀었다. 사이볼이 내 방으로 와서 함께 수술 보드게임을 했다. 나는 계속 손이 헛나가 실패했지만 사이볼은 차분하게 손을 놀렸다.

"외과 의사의 손인데." 내가 칭찬했다.

사이볼이 망가진 심장을 꺼냈다.

"의사 집안의 피가 흐르는 거지."

나는 팔꿈치 근처 부위를 수술하려고 했다. 브즈즈즈즈 하고 울리는 경고음. 또 실패다.

"넌 철갑상어의 손을 가졌어." 사이볼이 농담을 던졌다.

나는 신나게 웃었다. 철갑상어는 아예 손이 없었으니까.

"사이볼? 너희 엄마랑 아빠 좀 모셔올 수 있어? 궁금한 게 있거든."

잠시 후, 두 분이 내 침대 끝에 앉았다. 나는 먼저 사이볼의 엄마에게 질문을 던졌다.

"대체 어떻게 아기 심장이 아무 이유도 없이 멈출 수 있죠?"

사이볼의 엄마가 입을 열었지만 아무 말도 새어 나오지 않았다.

"모르세요? 아주머니는 심장 전문의잖아요."

"그럼 SIDS는 뭐예요? 무슨 개소리처럼 들리는데." 이번에는 사이볼의 아빠에게 물었다.

사이볼의 엄마가 조용히 말을 꺼냈다.

"화나는 게 당연하겠지만……."

"에이 씨, 나 화 안 났다고요."

사이볼의 아빠가 일어섰다.

"네가 진정되면 다시 올게."

두 사람이 떠난 후, 나는 수술 보드게임을 발로 차서 바닥에 떨어뜨렸다.

"에이 씨, 진짜 도움 되네."

사이볼이 선반에서 다른 보드게임을 꺼냈다.

"배틀쉽(상대편의 전함을 맞혀 침몰 시키면 이기는 게임) 할래?"

"좋아."

나는 사이볼의 전함을 침몰시키고 나서 말했다.

"너희 부모님 좀 다시 불러 줄 수 있을까?"

잠시 후, 사이볼의 부모님이 돌아왔다. 사이볼 아빠가 먼저 말을 꺼냈다.

"네 질문에 답해 줘도 된다고 너희 부모님이 말씀하셨어."

"질문은 딱 하나 있어요."

사이볼 아빠가 고개를 끄덕였다.

"말해 보렴."

내 목소리가 갈라져 나왔다.

"왜죠?"

*

가끔은 좋은 사람들에게도 나쁜 일이 일어난다고 했다. 그다지 만족스러운 답은 아니었다. 하지만 SIDS가 뭔지는 설명해 주셨다. 한 살 이하의 영아가 갑자기 아무 이유 없이 사망하는 거라고 했다. 예측할 수도, 막을 수 없는 일이라고 했다. 연구학자들이 그 원인을 밝혀내려고 애쓰고 있다고 했다. 나는 정말 열심히 들었다. 내 머릿속의 군인들이 차렷 자세를 취했다. 전부 다 이해했지만 받아들이기 힘들었다. 그게 사실이라고 믿고 싶지 않았다. 두 분이 이야기를 끝냈을 때 나는 좀 전에 무례하게 굴어서 죄송하다고 사과했다. 두 분은 앞으로 살면서 좋은 일도, 나쁜 일도 많이 겪을 거라고 했다.

슬픔은 복잡한 감정이라 설명하기 어렵다고도 했다. 마지막으로 내일 저녁에 저녁 먹으러 오라고 하셔서 내가 이렇게 말했다.

"카레 요리하실 거면 알려 주세요. 바나나 들고 가게요."

이런 상황에서도 웃음이 나오는 게 이상하다 싶었지만 수많은 나쁜 일 중에서 작지만 좋은 일 한 가지라고 생각했다.

*

우리 가족 모두 식탁에 둘러앉았다. 하지만 여섯 명뿐이었다. 아빠는 우리 상태가 어떤지 확인하고 싶어 했다. 방문객들은 모두 떠났다. 집 안이 너무 조용해서 웅웅거리는 냉장고 소리가 들렸다. 할머니가 한라한 아주머니한테서 받은 쇼트브레드(밀가루에 버터, 설탕을 넣고 바삭하게 구운 영국식 과자) 쿠키 통을 열었다. 실라 누나가 쿠키 하나를 먹고 배 속 아기에게 말을 걸었다.

"네가 버터를 좋아하면 좋겠어. 쇼트브레드는 엄마가 제일 좋아하는 쿠키거든."

"그 멍청한 아기한테는 아무도 관심 없어." 내가 사납게 말했다.

"핀바, 그건 공정하지 못해."

"또 뭐가 공정하지 못한지 아세요?" 내가 대들었다.

실라 누나가 일어섰다.

"난 그만 자러 갈게."

"제발 앉아." 엄마가 타일렀다.

피우스 형이 주방 조리대에서 위로 카드를 한 무더기 가져왔다.

"모두 그만하고 이거 살펴보자고. 다 함께." 피우스 형이 말했다.

엄마가 피우스 형에게 미소 지었다.

"아이고, 우리 스위트 식스틴."

엄마는 몇 달 동안 그 별명을 부르지 않았다. 피우스 형의 얼굴이 붉어졌다.

실라 누나가 다시 자리에 앉았다.

아빠가 첫 번째 위로 카드를 펼쳤다.

"이건……."

아빠가 눈을 가늘게 뜨고 서명을 노려보며 물었다.

"피저드? 피저드가 대체 누구야?"

할머니가 웃으며 말했다

"우리 가족이 아는 사람인가?"

"잠깐만, 알겠어. 피저드 가족은 반즈 거리에 살아. 자신타 고모의 시아주버니가 데니스 피저드야."

"아하, 앞마당에 항상 소를 묶어 두는 사람들 아니니?" 할머니가 물었다.

"앞마당에 소? 말도 안 돼." 피우스 형이 말했다.

"말이 된단다. 82년인가 83년도 크리스마스이브에 그 소가 탈출해서 자정 미사를 마치고 나오는 사람들을 덮쳤지." 아빠가 옛 사건을 끄집어냈다.

"진짜예요?" 실라 누나가 물었다.

"진짜지 그럼. 그날 밤 몰리 신부님이 발목을 접질렸어." 엄마가 대답했다.

"전신 깁스를 안 하셨다니 아쉽네요." 내가 빈정거렸다.

엄마가 내 머리를 톡톡 두드렸다.

"핀바, 성질 죽여."

다음 위로 카드는 모두의 눈에서 눈물을 쏙 빼놓았다. 하버 그레이스에 사는 다운 부인의 위로 카드였다.

"다운 부인이 누구지?" 아빠가 물었다.

카드를 보던 엄마가 고개를 들었다.

"SIDS로 아기를 잃은 분이에요. 에밀리 루이스라고 생후 11주 된 아기였죠."

그렇다면 진짜로 그런 일이 있었다. 아기 침대가 아기를 죽이는 요람사가 있었다. 아빠가 다운 부인의 카드 봉투를 집어 들었다. 마치 연락이 끊긴 오랜 친구한테서 온 편지라도 되는 것처럼 구불구불한 글씨를 손가락으로 훑어보았다. 몇몇 위로 카드는 판에 박힌 듯 비슷비슷했지만 조잡한 싸구려 카드도 다 의미가 있었다.

그날 밤 엄마가 우는 소리가 들렸다. 새벽 2시였다. 나는 화장실에 갔다가 바깥에서 나는 소리를 들었다. 창밖을 내다보자 할머니가 집 앞 보도를 쓸고 있었다. 슬픔은 뭐라고 설명하기 복잡한 감정이었다.

*

　일주일 후, 아빠는 다시 일하러 나갔다. 시계를 손목에 찼다. 그 무게에 아빠 몸이 한쪽으로 기우뚱해지는 것 같았다. 아빠는 모든 방에 시계를 갖다 놓았다. 하루 종일 재깍재깍하는 불협화음이 정신 사납게 울렸다.

　"매순간이 중요해." 아빠는 강조했다. 엄마는 다시 방으로 들어가 잘 나오지 않았다. 엄마를 보기가 힘들었다. 가끔씩 엄마 방문을 두드리면 엄마가 대답한다.

　"들어와." 나는 창문을 열고 이렇게 말했다.

　"빨래 넣기 좋은 날이야, 엄마."

　하지만 엄마는 그냥 두 팔을 펼쳤고, 나는 엄마 품속으로 기어들어 갔다. 우리는 나란히 누워서 팝콘 천장을 쳐다봤다. 말은 한마디도 하지 않았다. 내가 방을 나올 때는 엄마가 말했다.

　"창문 닫아 줘, 배리."

*

　한번은 교실에서 연필을 떨어뜨렸다. 데이미언 클라크가 연필을 주워 주면서 말했다.

"자, 받아, 친구."

나는 연필을 받아 데이미언을 찔렀다.

"널 어떡하면 좋니, 배리?" 머클 교장 선생님이 한탄했다.

나는 나도 모르겠다고 대답했다.

*

가끔씩 할머니가 고드의 높다란 아기 의자를 식탁 앞에 끌어다 놓았지만 의자는 너무 빠르게 바닥을 미끄러져 내려갔다. 고드의 몸무게가 사라지니 그 모양이었다.

*

엄마가 무릎에 담요를 올려놓고 창가에 앉아 있는 꿈을 꿨다. 엄마에게 다가갔지만 잠에서 깨고 말았다. 어느 날 밤에는 깨지 않고 꿈을 계속 꿨다. 나는 담요를 들춰 보았다. 양배추 인형이 있었다. 머리에서 땀이 나고 소리를 질러서 목구멍이 아팠다.

"괜찮니, 배리?" 피우스 형 목소리였다.

"모든 게 다 사라져 버렸으면 좋겠다 싶은 적 있어?" 내가 물었다.

"매일 그래." 형이 대답했다.

＊

실라 누나는 점점 더 뚱뚱해졌다. 내게 마법의 지팡이가 있다면 아기가 자라지 못하게 멈춰 버렸을 텐데.

＊

하루하루, 한 주 한 주가 엉겨 붙어 녹아내렸다. 누군가가 불을 질러 놓고 활활 타오르는 나날을 지켜보았다. 누가 범인인지는 모른다. 어쩌면 하느님인지도 모르겠다. 5월이 가고 6월이 왔다. 날이 점점 따뜻해지고 학기도 끝나 간다. 사람들이 어떻게 지내냐고 물었지만 나도 잘 모르겠다. 어떻게 지냈는지 돌려 볼 수 있게 녹화라도 해 뒀어야 했나 보다. 내가 매일 학교에 갔던가? 갔던 것 같다. 내가 졸업을 하고 고등학교에 진학할 수 있을까? 누가 알겠는가? 내가 아는 것은 고드가 죽었다는 사실뿐이다. 고드가 죽었는데도 시간은 계속 흘러갔다.

＊

사이볼이 티셔츠와 청바지 차림으로 전쟁 기념비 앞에 앉아 있었다.

"좀 따뜻해졌어, 그지?"

뉴펀들랜드 날씨가 그랬다. 공기 중에 서늘한 기운이 감도는데도 태양이 나와 있었다.

"열대지방 날씨나 마찬가지지." 내가 과장해서 말했다.

"고드는 여름을 좋아했을 거야."

나는 잔디 위에 뻗어 누웠다.

"난 가끔 알람시계의 시곗바늘을 지켜봐. 초침은 운이 좋아. 재깍재깍 계속 움직이니까. 하지만 분침은 가만히 앉아서 시간이 흘러가기를 기다려야 해."

사이볼이 내 옆에 앉았다. 풀잎 하나를 뜯어 양쪽 엄지손가락으로 잡고 풀피리를 불었다. 휘파람 소리가 나서 나는 벌떡 일어나 앉았다.

"어떻게 한 거야?"

사이볼이 풀잎 하나를 뜯어 주고는 풀피리 부는 방법을 알려 주었다. 나는 한 방에 성공했다.

우리는 풀잎을 요리조리 움직여서 각각 다른 소리를 냈다. 〈세 마리 눈먼 생쥐〉도 불러 봤다. 괜찮은 소리가 나왔다.

"사이볼?" 내가 사이볼을 불렀다.

"왜?"

"가끔 말야, 너희 엄마를 만나러 가야겠다 싶어. 치료를 받으려고. 계속 심장이 아프거든."

"심장 충격기를 빌려 올 수 있어. 그걸로 네 심장을 예전으로 되돌리는 거야." 사이볼이 말했다.

"안 돼. 그러다 실수로 날 죽일지도 몰라. 그럼 우리가 어떻게 되겠어?"

"그래, 맞아. 그랬다가는 너희 부모님이 견디지 못할 거야."

우리는 케인스에 가서 부 아저씨의 유령 이야기를 들었다. 진짜 무서운 이야기도 있었다. 어떤 이야기는 등골이 오싹해질 정도였다. 하지만 나는 무섭지 않았다. 세상에서 가장 무서운 일을 겪었으니까. 그 후에는 사이볼과 함께 배터리 마을로 갔다. 좁아지는 수로를 내려다보고 앉아 관광 보트가 먼 바다를 향해 나아가는 모습을 지켜봤다.

"저번에 네가 은행 카드를 가지러 너희 집까지 갔다 왔는데 고맙다는 말도 못 했어." 내가 말했다.

"괜찮아."

"데이미언 클라크에게 장난 전화도 걸어 줬지. 날 위해서 말이야. 나도 프레디 푸지에게 장난 전화를 걸었어야 했는데 그러지 못했어."

"괜찮다니까, 핀바."

"아니, 안 괜찮아. 난 네가 주는 걸 당연하게 받기만 했어."

나는 풀 한 줌을 뽑아 냈다.

"고드도 당연하게 여겼어."

사이볼이 주먹을 쥐었다. 순간 사이볼이 날 한 대 치려나 보다 했다. 하지만 사이볼은 주먹 쥔 손의 관절을 쓰다듬었다.

"고드의 보조개 기억나? 손가락 관절 자리에 쏙 들어간 작은 보조개 열 개. 넌 항상 작은 것들도 잘 찾아내는 것 같아."

내 눈에 눈물이 고였다.

"심장이 다시 아파, 사이볼."

사이볼이 날 밀쳐 넘어뜨리더니 내 허리춤에 걸터앉았다.

"클리어!"

사이볼은 심장 충격기로 내 가슴을 압박하는 흉내를 냈다. 그 엄청난 충격에 장단 맞춰서 내 몸도 덜커덩 튕겨 올라갔다. 나는 하늘을 쳐다봤다.

"저기 봐, 사이볼. 젖가슴 구름이야."

사이볼이 내 옆에 누웠다.

"코끼리 구름도 있어."

구름이 보란 듯 천천히 흘러갔다. 내 심장이 회복되는 동안 우리는 구름 쇼를 구경했다.

*

나는 집 앞쪽 창가에 앉았다. 잉크펜 아주머니의 개 라바트가 아주머니를 반기며 간호사 신발 한 짝을 훔쳐갔다. 오브라이언 아저씨는 곧장 침대로 가서 작업복을 벗고 스누피 잠옷 바지를 입었다. 파워 아저씨는 퇴근하자마자 곧장 아주머니에게 가서 뽀뽀했다. 참 이상하기도 하지. 고드는 죽었는데 달라진 게 없다니. 아빠 차가 집 앞에 털털 거리며 멈춰 섰다. 나는 문으로 달려갔다. 아빠가 두 팔을 뻗어 날 안아 주고 내 머리카락을 헝클었다. 아빠는 우리 아들이 참 대견하다며 감자칩을 먹으러 가야겠다고 했다. 우리는 그 말을 바로 실천에 옮겼다.

*

보통은 6월에 들어서면서 여름의 흥분이 살아난다. 하지만 라스 가게의 커스터드 아이스크림 콘도 내 속에서 죽어 버린 생기를 되살려 주지 못했다. 아이스크림은 달콤하고 시원하고 벨벳처럼 부드러웠지만 핥아 먹으려고 쭉 뻗어 나온 작은 혀가 보이지 않았다. 내 입속에는 쓴맛만 감돌았다.

뉴펀들랜드에 6월이 닥치면 반바지와 티셔츠 차림으로 다니며 날씨가 여름다워지길 바라는 계절이 왔다는 뜻이다. 나는 피우스 형의 낡은 축구 반바지와 티셔츠를 거의 매일 입었다. 피우스 형이 가까이 있는 것 같아서 그랬는데 왜 형 가까이 있고 싶었는지는 모르겠다.

사이볼과 나는 껌딱지처럼 붙어 다녔다. 하루는 버스를 타고 아발론 몰에 갔다. 몰래 영화 보러 들어가려다가 쫓겨났다. 경비원이 우리를 보고 〈마이애미 바이스〉에 나오는 크로켓과 튜브스라고 불렀다. 나는 이렇게 대꾸했다.

"전 뚱뚱하지 않아요."

그러자 경비원은 〈마이애미 바이스〉를 다시 제대로 보라고 했다.

버스를 타고 돌아가는 길에 사이볼이 설명했다.

"튜브스는 흑인이고, 크로켓은 백인이야. 크로켓은 맨발에 신발을 신지."

"그럼 물집 생길 텐데."

우리는 집에 가는 길에 치킨과 감자튀김을 먹으려고 메리 브라운스에 들렀다. 내가 닭다리를 치켜들고 외쳤다.

"우리 마을에서 메리 브라운스의 닭다리가 최고다."

사이볼이 미소 지었다.

"24시간 영업 중!"

우리는 빨대를 한 움큼 가져와서 비닐 포장지를 벗겨 날렸다. 비닐 포장지 하나가 아기 의자 위에 착륙했다.

6월이 하는 짓이 그 모양이었다. 업된 기분도 팍 죽여 버린다.

*

마지막 등교일에 내가 제일 먼저 맥그로 선생님 교실에 도착했다. 맥그로 선생님이 재킷을 벗어 의자 등받이에 걸쳤다.

"이런, 이런, 보고도 못 믿겠구나."

"6시에 배너먼 공원에 갔어요. 엉덩이가 아플 때까지 그네에 앉아 있었죠."

맥그로 선생님이 책상 앞에 앉았다.

"요즘 잠에서 깨면 다시 잠들 수가 없어요. 제일 먼저 고드가 생각나거든요. 그런데도 그냥 눈을 감고 고드를 잊어버릴 수는 없잖아요. 그죠? 그건 별로 좋지 않아요."

"핀바, 누군가에게 네 속마음을 털어놓는 게 어떠니?"

나는 인상을 찌푸렸다.

"지금 쌤한테 얘기하고 있잖아요."

선생님이 미소 지었다.

"그런 것 같구나."

나는 나무 책상을 손톱으로 긁었다.

"전 쌤이 좋아요. 쌤 때문에 쌤 수업을 빼 먹는 게 아니에요. 저 때문이죠. 제가 가장자리가 너덜너덜해진 퍼즐 조각 같아서 그래요. 전 어디가나 쏙 맞아 들어가지 못하고 삐쭉삐쭉 튀어 나가요. 처음에는 제 얼굴 때문이었는데 지금은 고드 때문에 그러죠. 모두가 절 쳐다보는 것 같아서 싫어요. 의식이 강해져서 남의 시선이 너무 신경 쓰여요."

"자의식이 강해진다고 해야지." 맥그로 선생님이 틀린 말을 바로 잡아 주었다.

내가 미소 지었다.

"쌤이 정 원하신다면야 뭐."

나는 나무 조각 하나를 떼어 내 엄지와 검지로 집었다. 한쪽 끝은 두껍고 다른 쪽 끝은 날카로워서 작은 칼 같았다. 데이미언 클라크와 토마스 버젤 같은 녀석들을 꾹꾹 찌르기 좋은 도구였다. 피도 낼 수 있을 것 같았다.

"교장실에 가고 싶어요. 거기에는 내 책상도 있고, 절 괴롭힐 사람은 머클 교장 쌤뿐이니까요."

맥그로 선생님이 내 시선을 따라 벽에 걸린 시계를 쳐다봤다. 종 치기 4분 전이었다.

"이리 와봐, 배리."

나는 교실 앞쪽으로 나갔다. 맥그로 선생님이 책상 서랍을 열었다.

"하나 골라 봐."

나는 파스텔 블루 사탕을 골랐다.

"교장 선생님한테는 내가 보냈다고 해. 이유야 네가 지어낼 수 있겠지."

나는 맥그로 선생님에게 소형 칼을 건네주었다.

"보고 싶을 거예요, 쌤."

맥그로 선생님이 칼을 받고 미소를 지었다.

"나도 네가 보고 싶을 것 같구나."

*

종이 치고 나서 2분 정도 기다렸다가 춤추듯 교장실로 들어갔다.

"오, 맙소사, 배리, 이번에는 뭐니?" 머클 교장 선생님이 탄식했다.

"제 잘못이 아니에요." 나는 책가방을 내 책상 옆에 내려놓으면서 말했다.

"토마스 버젤이 똥멍청이라서 소형 칼로 찔러 버렸어요."

교장 선생님 눈이 휘둥그레졌다.

"뭐로 찔렀다고?"

내가 책상 앞에 앉았다.

"걱정 마세요. 피 두 방울 밖에 안 났어요. 많아야 세 방울이요."

교장 선생님이 의자에 등을 기댔다.

"널 어떡하면 좋니, 배리?"

"아무것도 하지 마세요. 오늘이 마지막 날이잖아요. 전 곧 쌤 눈 앞에서 사라질 거고, 쌤은 절 잊어버리실 거예요."

"그건 불가능해. 잊을 수 없는 걸 어떻게 잊어버리겠니?"

"하기야 저처럼 나쁜 아이는 좀처럼 잊어버리기 어렵죠. 좋은 일이야 잊어버릴까 봐 두려워지지만요. 좋은 추억이 흐릿해져서 영원히 기억나지 않으면 어떡해요?"

교장 선생님이 책상 뒤에서 나와 내 앞에 웅크리고 앉았다.

"시간이 지나면 나쁜 일이 흐릿해지는 거야, 배리. 진짜야. 넌 고드를 잊어버리지 않을 거야. 나도 널 절대 잊어버리지 않을 거고."

나는 심장이 아프지 않게 교장 선생님의 기똥차게 끝내주는 천박한 신발만 쳐다봤다.

"고드를 생각하면 그날 밤이 생각나요. 그럼 모든 추억이 다 산산조각나죠."

"항상 그렇지는 않을 거야. 시간이 필요할 뿐이야."

교장 선생님이 줄지 종이 한 장과 펜을 건네주었다.

"좋았던 추억 세 가지를 적어 봐."

나는 얼굴에 미소를 띤 채 재빨리 적어 내려갔다.

1. 잠자는 고드 지켜보기.

2. 항구에서 고드를 바다에 빠뜨리는 척하기.

3. 사이볼과 함께 시그널 언덕에서 고드를 아래로 굴리기.

"재미있구나. 왜 그 세 가지를 골랐니?"

"첫 번째는 제가 제일 행복했던 순간이에요. 두 번째는 고드가 제일 행복했던 순간이고요. 마지막은 사이볼과 함께 했던 순간이죠."

머클 교장 선생님이 웃었다.

"항구에서 바다에 빠질 것 같았을 때 고드가 제일 행복해했다고?"

나는 그때를 생각하며 미소 지었다.

"귀청 떨어지게 환호성을 질렀죠."

*

집에 돌아가자 할머니가 쿠키 하나와 차 한 잔을 주셨다. 내가 천장을 올려다봤다.

"무슨 소리예요?"

"뭐가?" 할머니가 아무것도 모르는 척했다.

"저 소리요. 가구를 움직이는 소리 같은데요."

할머니 목소리가 한 음 높게 올라갔다.

"난 아무 소리도 안 들리는데."

거짓말에는 정말 재주가 없었다.

나는 집 안 구조를 떠올려 보고는 위층으로 달려 올라갔다.

"고드의 물건에서 그 더러운 손 떼! 안 그러면 다음 주까지도 못 일어나게 흠씬 패 줄 거야."

실라 누나가 한발 물러섰다.

"그냥 가구 위치를 바꿔 놓으면 ……."

"그러면 뭐? 고드는 다 잊어버리고 누나의 그 멍청한 아이한테만 신경 쓸 수 있다고?"

실라 누나가 울음을 터트렸다.

"나는 뭐 견디기 쉬운 줄 아니?"

할머니가 문간에 나타났다.

"핀바, 진정해."

"여긴 고드 방이에요!" 내가 소리 질렀다.

엄마가 험티덤티 이불을 아기 침대 난간에서 걷어 내 창가 의자로 옮겼다. 갑자기 바람이 불었다. 그날 밤처럼 강풍이 불었다. 집 안이 어두웠고 우리 모두 인생이 완전히 달라졌다. 영원히 떨쳐 낼 수 없을 것 같은 느낌, 강탈당한 느낌이 우리를 감쌌다. 우리 넷은 어떻게 그 고통을 이겨 낼 수 있을지 몰라 그 자리에 얼어붙은 듯 서 있었다. 엄마가 내게 손을 뻗었다. 나는 엄마에게 다가가 엄마 손을 잡았다. 나는 바깥에 서 있다고 상상했다. 우박이 내 얼굴로 쏟아져 내린다.

"하느님, 도와주세요. 너무 아파요." 내가 애원했다.

엄마가 내 손을 꽉 쥐었다. 나도 엄마 손을 꽉 움켜쥐었다.

"의자는 문 옆에 두는 게 낫겠어. 아기 침대는 창문 근처 벽에 붙여 놓고." 내가 말했다.

잠시 후, 우리는 가구를 옮기기 시작했다. 나는 창문을 열었다. 나쁜 기억이 다 날아가 버리게.

얼마 후, 실라 누나가 내 팔을 어루만졌다.

"고마워, 배리."

나는 누나의 팔을 떼어 냈다.

"누나를 위해 한 게 아냐. 엄마를 위해 한 거지."

고드를 위해 한 일이기도 했다.

바람이 더 이상 고드의 방에서 장난질 치지 못하게.

9장

7월 중순의 어느 날 아침, 나는 절름발이 스티븐의 종이 상자 위에 앉아 말했다.

"실라 누나의 아이가 죽어서 나오지 않으면 내가 죽여 버릴지도 몰라요."

"그래?" 스티븐이 심드렁하게 대꾸했다.

나는 할머니의 파트리지베리 잼 머핀 하나를 스티븐에게 건네주었다.

"온몸에 포트와인 얼룩이 있으면 좋겠어요."

스티븐이 머핀을 둘로 나눠 위쪽을 나한테 건네주었다.

"실라 누나가 얼마나 못생겼는지 알아요? 왜 그런 여자랑 자려고 하는지 모르겠어요."

나는 머핀을 주먹으로 뭉개 버렸다.

"실라 누나는 자기가 아기 낳는 게 무슨 그리스도의 재림이라도 되는지 알아요. 커다랗고 뚱뚱한 배가 특별한 뭐라도 되는 양 문질러 댄다니까요. 엄마 아빠도 마찬가지예요. 뭐가 그렇게 좋은지 실라 누나 아기 이야기를 할 때마다 싱글벙글이에요. 슬퍼해도 모자랄 판인데 그러면 안 되는 거 아니에요? 두고 보세요. 그렘린 같은 무시무시한 괴물이 기어 나올걸요. 그럼 모두의 얼굴에서 미소가 싹 사라지겠죠."

나는 스니커즈 운동화 뒤꿈치로 개미 몇 마리를 밟아 죽였다.

스티븐은 아랫입술에 묻은 빵부스러기를 핥아 먹었다.

"또 털어놓고 싶은 이야기 있니?"

나는 일어섰다.

"아뇨. 이제 다 한 것 같아요."

"좋은 하루 보내라, 스콰이어스."

"아저씨도요."

*

나는 전쟁 기념비로 가면서 햇볕이 쨍한 게 아니라 안개가 꼈으면 좋겠다고 생각했다. 내 혈관을 타고 흐르는 분노가 아니라 뭔가 다른 좋은 것에 자극을 받아 살아 있다고 느끼고 싶었다.

"사이볼, 날 좀 도와줘."

사이볼은 무슨 일인지 묻지도 않고 그냥 집까지 날 따라왔다. 아무도 보는 사람이 없을 때 아기 의자를 갖고 나왔다.

"데드맨 호수로 가자." 내가 말했다.

사이볼이 고개를 끄덕였다.

"알겠어."

우리는 아기 의자를 시그널 언덕 거리로 끌고 갔다. 호수에 도착해서는 지쳐서 털썩 주저앉았다.

"하느님, 마리아님, 요셉님." 사이볼이 지쳐서 하늘에 계신 분들을 불러 댔다.

"하늘에 계신 모든 성인, 성자님." 내가 덧붙여 말했다.

높다란 아기 의자는 옆으로 쓰러져 있었다. 식판 아래쪽에 오트밀이 약간 말라붙어 있었다. 손톱으로 긁어 봤지만 떨어질 생각을 하지 않았다.

"너희 부모님이 여기 계시면 좋겠다. 물어볼 게 있거든." 내가 말했다.

"나한테 물어봐. 난 똑똑하잖아." 사이볼이 말했다.

내가 식판을 가리키며 물었다.

"저기에 고드의 DNA가 있을까?"

사이볼이 딱딱하게 굳은 오트밀을 노려봤다.

"아마 그럴걸."

나는 식판 아래쪽을 살펴봤다. 고드의 흔적이 사방에 묻어 있었다.

"데드맨 호수에 던져 넣지 않아도 돼." 사이볼이 말했다.

"그래도 될까?"

사이볼이 고개를 끄덕였다.

"집으로 다시 가지고 갈래?"

"그래도 괜찮겠어?"

사이볼이 일어나서 반바지에 묻은 풀을 털어 냈다.

"가자."

언덕을 따라 내려가는 길에 내가 멈춰 섰다.

"잠깐만. 실라 누나의 작은 괴물 녀석이 나오기 전에 아기 의자를 구석구석 다 닦아 내면 어떡하지? 고드의 흔적을 다 없애 버리면 어떡하지?"

사이볼이 아래쪽을 흘낏 거렸다.

"이 작은 틈새에 낀 걸 다? 너희 할머니도 다 닦아 내지는 못할걸."

집에 도착했을 때 할머니가 아기 의자를 든 우리를 발견했지만 모른 척했다.

"근사한 차 한 잔 마실 사람?" 할머니가 제안했다.

할머니는 주전자를 불 위에 올려놓고 우편함에서 꺼냈다는 초대장을 보여 주었다.

"내 눈을 믿을 수가 없구나. 반송 주소가 총독 관저야!"

사이볼과 나는 서로를 쳐다보고 미소 지었다.

"굉장한데요. 가든파티에 초대받으려면 대단한 사람이어야 한다던데."

"우리 할머니가 대단한 분이지." 내가 자랑스럽게 말했다.

할머니가 미소 지었다.

"내가 좀 그렇긴 하지."

할머니는 우리 찻잔을 채워 주셨다.

"할머니? 저도 가도 될까요?" 내가 물었다.

"안 될 것 없지." 할머니가 대답했다.

"그럼 부총독님을 만날 수 있겠다."

부총독한테는 관심 없었다. 어른 고드가 보고 싶었다.

*

아빠가 점심시간 직전에 퇴근했다.

"반차 냈어. 톱세일 비치에 가자."

"해변이요?" 엄마가 물었다.

아빠가 시계를 가리켰다.

"지금이 11시 45분이야. 15분 내로 출발하면 12시 30분에는 도착해."

아빠가 할머니를 바라보았다.

"소풍 준비 해 줄 수 있으세요?"

"물론이지." 할머니가 흔쾌히 부탁을 들어주었다.

"우리만 가요? 할머니는 안 가요?"

"당연히 안 가시지. 어디에 앉겠어? 지붕 위에?" 피우스 형이 말했다.

"실라 누나가 집에 있으면 되잖아. 대신 할머니가 가고."

"그만해, 배리." 할머니가 날 타일렀다.

엄마는 주방을 둘러보며 말했다.

"오늘 바닥을 닦으려고 했는데."

피우스 형이 현관 뒤쪽 수납장에서 아이스박스를 꺼냈다.

"바닥은 내일도 닦을 수 있잖아요."

"걱정 마렴. 내가 바닥을 닦을 테니까." 할머니가 말했다.

"아이스크림 가게도 들를 수 있어?" 실라 누나가 물었다.

"입 다물어. 뚱뚱보 돼지야." 내가 소리쳤다.

"배리, 그만해." 아빠가 중재에 나섰다.

아빠는 엄마한테 다가가 엄마 손을 잡았다.

"아주 멋진 하루가 될 거야. 약속해."

우리가 우르르 자동차에 올라탈 때 할머니가 창가에서 손을 흔들었다. 나는 실라 누나 옆에 앉기 싫었다. 아빠가 날 가까이 끌어당겨서는 어지간히 하라고 엄포를 놓았다. 피우스 형이 엿들었지만 모른 척하고 우리 중간에 앉았다. 고드가 죽은 후로 피우스 형은 상당히 친절해졌다. 하지만 나는 피우스 형이 고약하게 굴었으면 좋겠다고 생각했다.

우리는 포르투갈 코브 도로로 나갔다. 한참 동안 달렸다. 가끔씩 곡선 도로를 돌 때 바다가 보였다가 사라졌다.

"속이 울렁거려." 실라 누나였다.

우리는 큼직한 아이스크림 콘을 파는 편의점에 멈췄다. 실라 누나는 더블 콘을 주문했다.

"속이 울렁거린다며?" 내가 따졌다.

"조용히 해, 배리."

실라 누나는 완전 뚱뚱해 보였다. 나는 계속 먹어 대서 얼굴이 빵 터져 버려라 하고 속으로 악담을 퍼부었다.

나는 싱글 콘을 주문했다. 나폴리 아이스크림이었다. 고드에게 핥아 보라고 주고 싶었다. 우리는 편의점 바깥 탁자에서 아이스크림을 먹었다.

피우스 형이 실라 누나의 배에 한 손을 올렸다.

"아, 뭐야! 폭풍 발차기 하잖아." 피우스 형이 아이스크림을 핥아 먹다가 소리쳤다.

"웬 호들갑이야!"

엄마는 아이스크림을 주문하지 않았지만 아빠의 오렌지 파인애플 아이스크림을 핥아 먹었다.

"당신 것도 주문하지 그랬어."

아빠가 말하자 엄마가 웃으며 대꾸했다.

"좀 전에는 별 생각 없었는데 지금은 먹고 싶은 걸 어떡해요?"

아빠가 허리를 숙여 엄마의 뺨에 뽀뽀를 했다.

"신선한 공기를 쐬니까 당신 기분도 좋아지나 봐."

아빠가 안으로 들어가 아이스크림을 하나 더 사 왔다.

한참 더 달려가다가 톱세일 해변 도로를 따라 내려갔다.

"멋지지 않니?" 엄마가 감탄했다.

해변에는 일광욕을 즐기는 사람들이 점점이 흩뿌려져 있었다. 우리는 차에서 내려 그 사람들 속으로 섞여 들어갔다. 아빠가 울퉁불퉁한 곳을 지나가는 실라 누나 손을 잡아 주라고 했지만 나는 못 들은 척했다. 대신 피우스 형이 누나를 부축해 주었다.

엄마와 아빠가 커다란 바위 위에 담요 두 장을 깔았다. 나는 실라 누나가 뚱뚱한 엉덩이를 붙일 때까지 기다렸다가 그 반대쪽에 자리를 잡고 앉았다. 누나가 다리를 쭉 펴고 앉았다. 나는 누나한테서 거리를 두느라 담요가 깔리지 않은 곳까지 물러났다.

피우스 형은 산책을 갔다. 저 멀리서 형의 모습이 점점 더 작아졌다. 해수욕하는 사람들은 허리가 잠길 때까지 바다로 걸어 들어갔다. 더 멀리 나가는 건 위험했다. 쏴쏴거리며 물결치는 파도는 마치 고드의 숨소리 같았다. 파도 소리를 가만히 듣고 있자니 내 숨결이 차분해졌다. 들이쉬고, 내쉬고, 들이쉬고, 내쉬고. 고드의 작은 가슴이 오르락내리락하는 모습을 떠올렸다. 내 두 팔에 안긴 고드를 그려보았다.

해변은 처음이지, 고드? 미풍이 풀밭을 쓸고 가는 부드러운 바람처럼 고드의 짧은 머리카락을 들어 올렸다.

심장이 아팠다. 고드 없이 뭔가 새로운 것을 하면 언제나 심장이 아플 것 같았다. 항상 하던 일을 할 때도 심장이 아파서 문제였다. 크리스마스에 양말을 걸 때처럼. 고드의 양말은 장난감 병정이 든 빨간색이었다. 슬픔은 복잡하기만 한 감정이 아니었다. 날 잡아 가두는 덫이었다.

"난 산책 갈 거야." 내가 불쑥 말했다.

"조심해야 해." 엄마가 걱정스럽게 말했다.

엄마는 내가 파도에 쓸려 들어갈까 봐 걱정했다. 그런 일이 종종 일어나곤 했다.

바닷가에서 콘돔을 발견했다. 나중에 사이볼에게 말해 줘야지.

엄마와 아빠가 점처럼 작게 보일 때까지 멀리 걸어갔다. 실라 누나는 아무리 멀리 걸어가도 해안에 올라온 고래처럼 거대해 보였다.

피우스 형이 앞에서 물수제비를 뜨고 있었다. 형의 얼굴에서 흘러내리는 눈물이 보였다. 주룩주룩 내리는 비처럼 흐르는 눈물. 나도 돌멩이 하나를 집어 들었다. 납작하고 부드럽고 반짝거리는 돌멩이였다.

"이거면 여섯 번은 튕길 수 있어." 내가 자신만만하게 말했다.

"못 할걸."

나는 돌멩이를 집게손가락에 걸쳐 놓고 엄지손가락으로 꽉 눌러 잡았다. 팔을 뒤로 젖혔다가 손목을 굽히면서 돌멩이를 던졌다. 돌멩이가 풍덩 하고 바다에 빠졌다.

피우스 형이 돌멩이를 하나 더 건네주었다.

"어이구, 맹추야, 다시 해 봐."

*

우리는 아이스박스 주변에 둘러앉아 볼로냐소시지 샌드위치를 먹었다.

"할머니가 어젯밤에 잡은 고기가 분명해."

"볼로냐는 사나운 동물이야. 네 손을 물어뜯어 버린다고." 피우스 형이 겁박했다.

우리 가족들 웃음소리가 톱세일 해변에서 시그널 언덕까지 울려 퍼졌다. 하늘까지 올라갔다가 파도 아래로 스며들었다. 바닷새가 축하하고 해양 생물들이 기뻐했다. 우리들 웃음소리가 소용돌이치는 바람을 타고 춤췄다. 절벽에 부딪혀 튕겨 나가서 우주까지 뻗어 나갔다가 사랑스러운 갓난아이 웃음소리를 실고 돌아왔다.

*

날이 저물려고 했다. 아빠 시계로 5시 10분 전이었다. 돌아가는 길에도 피우스 형이 중간에 앉았다. 실라 누나가 웃음을 웃음으로 돌려받는 부메랑인지 뭔지는 몰라도 여전히 뚱뚱한 돼지였다.

*

그날 밤, 시끄러운 소동이 일었다.

나는 자다가 침대에서 벌떡 일어났다.

"무슨 일이야?"

피우스 형이 맨 가슴에 후드티를 입었다.

"실라야. 실라를 병원으로 데려가고 있어."

"뭐야, 그게 다야?" 내가 심드렁하게 말했다.

"똥멍청이처럼 굴지 마. 너무 이르다고. 아직 임신 7개월밖에 안 됐어."

나는 고개를 숙이고 다시 이불 속으로 기어들어 갔다. 조산아가 나오겠네. 그래서 뭐? 그래도 살기는 하겠지.

내 알람 시계 분침이 천천히 움직였다. 초침은 째깍째깍 바쁘게 움직이며 분침을 조롱했다.

"거기서 딱 기다려, 친구."

인내심 있게 기다리는 건 힘든 일이었다. 40분 후, 피우스 형이 돌아왔다.

"방금 아빠 전화를 받았어. 가진통이었대. 아기가 아직 나오지 않는대."

나는 자는 척하며 아무런 대꾸도 하지 않았다.

피우스 형이 코고는 소리가 들려서 손을 뻗어 알람 시계 배터리를 뺐다.

"이제 괜찮아, 형. 푹 쉬어." 내가 속삭였다.

＊

다음 날 아침 고드의 방에 갔다. 고드의 옷가지가 깨끗하게 세탁되어 있었다. 나는 고드의 서랍장을 열어 0~3개월짜리 원숭이 우주복을 꺼냈다. 그러고는 지하실 대들보 위에 숨겨 놓았다.

＊

나는 양로원에 가서 모두에게 가진통이었다고 말했다. 에디 할머니는 72시간 동안 진통한 적도 있었다고 했다. 그렇게 낳은 아이는 골칫덩이 트러블이라 불렀다고 했다. 실라 누나는 아기 이름을 뭐라고 지을지 궁금했다. 못난이나 머저리라고 부를지도 모르겠다.

버스터 할아버지는 내가 긴장한 것 같다고 했다. 그래서 우리는 특별히 더 강도 높게, 더 오랫동안 춤을 췄다. 사이볼이 방그라라는 인도 춤을 가르쳐 줬다. 우리는 어깨를 신나게 들썩거리며 양손을 하늘 향해 치켜올렸다. 사이볼은 사실 자기가 뭘 하고 있는지도 잘 모르겠다고 털어놓았다. 그러고는 사실성을 더하려고 인도 억양으로 〈패디 머피가 죽던 날 밤〉을 불렀다.

잠시 후 버스터 할아버지가 말했다.

"그거 알아?"

내가 "뭐요?" 하고 묻자 버스터 할아버지가 틀니를 쑥 잡아 뺐다.

나는 눈물 날 때까지 웃어 젖혔다.

에디 할머니는 엘리자베스 성인의 메달을 주면서 엄마한테 전해 달라고 했다. 나는 엘리자베스 성인이 죽은 아기의 수호성인은 아닐까 생각했다. 그래서 은색 메달에 볼록하게 새겨진 여자를 쳐다보고 이렇게 속삭였다.

"꺼져."

메달을 주머니에 넣으면서 이러다 지옥에 가는 건 아닐까 싶었다.

*

일주일 후, 가든파티 날이 다가왔다. 할머니는 눈 돌아가게 잘 차려입었다. 볼그스름하게 볼 화장을 하고 모자를 썼다. 나는 청바지가 아니라 엄마가 만들어 준 버튼 셔츠에 슬랙스 바지를 입었다. 우리가 밖으로 걸어 나갈 때 엄마가 말했다.

"얌전히 행동해, 핀바. 성질 죽이고."

우리는 코크란 거리까지 걸어갔다. 길 끝에 다다르자 총독 관저가 보였다. 할머니가 내 팔에 팔짱을 꼈다.

"저 사람들 좀 봐." 할머니가 말했다. 총독 관저 내에 사람들이 가득했다. 우리가 서 있는 곳에서도 사람들의 웅성대는 대화 소리와 희미한 노랫소리가 들렸다.

우리는 밀리터리 거리를 가로질러 총독 관저 입구로 향했다. 우리 발밑에서 자갈이 바스락거렸다. 멋지게 차려입은 손님들 사이로 들어서자 할머니가 긴장한 것 같았다.

"좀 돌아봐도 돼요?" 내가 물었다.

할머니가 고개를 끄덕였다.

"착하게 굴어라."

"제 중간 이름이 착하다란 뜻의 굿^{Good}이잖아요." 내가 말했다.

"네 중간 이름은 털록인 줄 알았는데." 남자 목소리가 들렸다.

내가 홱 돌아보았다. 가는 세로줄 무늬 정장 차림의 어른 고드는 아주 말끔해 보였다. 어른 고드가 할머니에게 부총독 보좌관이라고 자신을 소개했다. 할머니는 정중하게 허리 굽혀 인사했다. 우리는 삼각형 샌드위치를 먹었다. 밴드는 〈파이트 더 굿 파이트〉를 연주했다. 할머니는 휠체어를 탄 군인과 수다를 떨었다. 날은 더웠고 점점 지루해졌다. 어른 고드가 나무 아래에 놓인 플라스틱 의자 두 개를 향해 고개를 끄덕였다.

"편하게 앉아서 얘기하자꾸나."

지나가던 웨이터가 레모네이드를 건네줬다. 어른 고드가 유리잔을 내 잔에 부딪혔다.

"위하여!"

"위하여!" 나도 따라 말했다.

어른 고드가 레모네이드를 길게 한 모금 마셨다.

"아아, 좋다."

얼굴 표정으로 봐서는 레모네이드가 시큼한 게 분명했다.

나도 한 모금 마셨다.

"아아, 좋다."

신문 기자가 우리 사진을 찍었다.

"〈텔레그램〉에 우리 사진이 실릴지도 모르겠구나." 어른 고드가 말했다.

"제 이름은 신문에 한 번 실렸어요. 애도하러 간 직후에요."

어른 고드가 고개를 끄덕였다.

"나도 봤단다."

"고드만 한 구멍이 제 가슴에 뚫렸어요."

어른 고드가 레모네이드를 한 모금 더 마셨다. 나도 따라했다.

어른 고드가 블레이저 재킷에 메달을 주렁주렁 단 남자를 가리

컸다.

"랄프 파디라고, 올해 백한 살이지."

"그렇게 오래 살다니 운이 좋네요."

"그래."

"저한테도 메달 있어요."

나는 주머니에서 엘리자베스 성인 메달을 꺼냈다.

"엄마한테 줘야 해요."

"작은 것이 큰 위안을 줄 수 있지."

밴드가 〈세인트존스 왈츠〉를 연주했다. 어른 고드가 가락에 맞춰 발을 톡톡 두드렸다. 나도 발을 톡톡 두드렸다.

"마음을 가득 채워 주는 그런 음악이야." 어른 고드가 말했다.

마음에 무엇을 채워 주는지는 묻지 않았다. 이름 없는 그것이 무엇인지 알고 있었으니까. 사람을 웃고 울게 만드는 뒤섞인 감정들이었다.

밴드 근처에 있는 할머니가 보였다. 할머니는 커다란 모자를 쓴 채 음악에 맞춰 몸을 흔들고 있었다. 할머니가 백한 살까지 사셨으면 좋겠다.

째깍째깍 소리 내며 시간을 알려 주는 아빠 손목시계가 생각났다. 시간이 아무리 빠르게 흘러가도 시계는 째깍째깍 일정하게 움직인다.

노래가 끝나려고 했다. 어른 고드는 낭만을 노래하며 세인트존스 왈츠에 맞춰 춤출 기회를 놓치지 않았다. 어른 고드의 목소리가 내 가슴에 뚫린 고드만 한 구멍을 메워 주었다.

*

가든파티가 끝날 무렵, 오플래허티 신부님이 나타나 발표할 게 있다고 했다. 세인트존스 레가타(여름 중 휴일을 하루 주기 위해 만든 날) 휴일 날 밤에 달란트 경연 대회가 열릴 예정이라고 했다. 승자는 관객 투표로 결정되고, 상금은 600달러라고 했다.

"풀 틸트 댄스팀을 응원해 주시길 바랍니다. 상금은 시급하게 해야 하는 바닥 공사에 사용하려고 합니다."

청중들이 고개를 끄덕이고 박수를 쳤다.

나는 할머니에게 집에 혼자 가실 수 있는지 물어보았다. 할머니가 그러겠다고 해서 나는 발바닥에 불나게 양로원으로 달려갔다.

*

"600달러라고? 어디서 참가 신청한대?" 버스터 할아버지가 물었다.

"그 돈이면 최신식 음향 장비를 장만할 수 있어!" 에디 할머니가 소리쳤다.

"탭댄스화도 살 수 있지!" 버스터 할아버지가 외쳤다.

나는 목청을 가다듬었다.

"저한테 다른 생각이 있어요."

SIDS 이야기를 했더니 다들 얼굴이 환해졌다. 참 기분이 묘했다. 내가 SIDS 연구에 600달러를 기부하자고 제안하자 다들 미소를 지었다.

나는 집에 가서 사이볼에게 전화했다.

"방그라 댄스 동작을 좀 더 연구해 봐. 안무를 짜야 하거든."

전화를 끊고는 엄마를 찾으러 갔다. 엄마는 고드의 방에 있었다. 나는 주머니에 손을 넣어 메달을 꺼냈다.

"엘리자베스 성인이야." 내가 말했다.

엄마가 웃자 눈가에 주름이 잡혔다.

"오, 배리."

어른 고드 말 그대로였다. 작은 것이 큰 위안을 가져다 주었다.

*

경연 대회까지 일주일밖에 남지 않아서 매일 연습했다. 절름발이 스티븐이 전문 지식이 많아서 도움이 될 거라며 찾아왔다. 하버라이트 센터에서 친구 두 명도 데려왔다. 한 명은 기타를, 다른 한 명은 아코디언을 연주했다. 우리는 흥이 넘치면서도 그다지 빠르지 않은 그레이트 빅 시의 〈고잉 업〉을 선곡했다. 안무는 아주 독특했다. 휠체어에 워커, 지팡이, 합판 조각까지 등장했다. 합판 조각은 내 솔로 댄스 도구였다. 사이볼이 방그라 춤동작 몇 개를 고안해 넣어서 이국적인 요소가 더해졌다.

레가타 휴일 전날, 절름발이 스티븐이 비디오테이프 하나를 가져왔다. 전성기 시절 자신의 춤동작을 보고 영감을 얻길 바란다나? 순전히 지어낸 이야기를 어떻게 진짜라고 증명해 보이려는지 궁금했다. 우리가 작은 텔레비전 앞에 둘러앉자 스티븐이 비디오테이프를 집어넣고 재생 버튼을 눌렀다. 화면에서 영상이 흘러나왔을 때 우리 모두 입이 쩍 벌어졌다. 스티븐이 무대 위에서 재거, 보위, 머큐리, 맥카트니와 공연하는 영상이었다.

얼마 후, 스티븐이 말했다.

"다들 내 말을 믿지 않았다는 거 알지만 다 사실이었어."

스티븐이 짧은 한쪽 다리를 찰싹 때렸다.

"내 오랜 연인은 날 절대 실망시키지 않아."

"아저씨 다리가 여자예요?" 내가 물었다.

"엘린Eileen이야. 무슨 말인지 알아듣겠어?"

나는 잠시 생각하고 나서야 무슨 말인지 알아차렸다. 린Lean, '기대어 서다'라는 단어에서 따온 이름이 엘린이었다.

"하! 멋진 이름이네요!"

스티븐이 떠나려고 일어섰다.

"저기요, 우리 댄스팀에 들어오고 싶어요?" 내가 물었다.

스티븐이 싱긋 웃었다.

"언제 물어보려나 했지."

10장

로열 세인트존스 레가타 보트 경기는 날씨만 좋다면 매년 8월의 첫 번째 수요일에 열린다. 그 전날 밤, 엄마와 아빠는 레가타 룰렛에 참가했다. 레가타 룰렛은 조지 거리에서 다음 날도 휴일이기를 바라면서 밤새 즐기는 행사였다. 엄마가 그 행사에 참석하고 싶은지 잘 모르겠다고 하자 할머니가 엄마와 아빠 모두에게 좋을 거라고 설득했다. 엄마와 아빠는 즐거운 시간을 보낸 게 분명했다. 밤늦게야 집에 들어왔으니까. 늦은 시간에 들어오면서 웃고 떠들고 온갖 물건들을 넘어뜨리며 어찌니 시끄럽게 굴던지 모르려야 모를 수가 없었다. 알고 봤더니 도박에서 큰돈을 땄다고 했다. 다음 날 아침, 태양이 밝게 빛났고, 강수 확률은 낮았다. 엄마와 아빠는 침대로 돌아갔지만 나는 동전 한 움큼과 흥분 한 아름을 챙겨 들고서 퀴디 비디 호수로 향했다.

*

　사이볼과 함께 호수 주변에 몰려든 사람들 사이로 끼어들었다. 고정 좌석 조정 경주는 이미 시작됐지만 우리는 운으로 승부하는 게임에 정신이 팔려 있었다. 이 가판대에서 저 가판대로 돌아다니면서 풍선 다트 게임, 수레바퀴를 돌리는 머니힐 게임, 주사위를 던지는 크라운 앤 앵커 게임을 했다. 동전은 아주 빠르게 사라졌지만 기분은 대박 좋았다. 마지막 남은 동전으로는 나이츠 오브 콜럼버스 부스에서 티켓 한 장을 샀다. 돌림판이 돌고 돌고 빠르게 돌다가 느리게 돌았다. 마침내 멈췄을 때 주인 아저씨가 승자의 번호를 불렀다.

　"5-0-3!"

　나는 내 티켓을 내려다보았다. 5-0-3이었다. 사이볼이 내 손을 하늘 높이 들어 올렸다.

　"여기요! 여기!"

　봉제 인형이 엄청 많았다. 나는 원숭이 인형을 골랐다.

　"괜찮아?" 사이볼이 걱정스럽게 물었다.

　"응, 괜찮아."

　음식 냄새가 콧속을 스며들자 배 속이 아우성을 쳤다.

"오리 엉덩이도 뜯어 먹을 수 있겠어." 사이볼이 말했다.

"나도야."

우리는 피우스 형이랑 마주쳤다. 피우스 형이 그레이비 소스와 드레싱을 뿌린 생선튀김과 감자칩을 가져다 주었다.

"윽, 프레디 푸지가 있어." 사이볼이 말했다.

내가 주위를 둘러봤다.

"어디 있어?"

사이볼이 삐쭉 머리 아이를 가리켰다.

"빗자루처럼 생겼네." 내가 평가했다.

"프레디 푸지가 누구야?" 피우스 형이 물었다.

"사이볼을 괴롭히는 애."

"핀바를 괴롭히는 애도 있어요." 사이볼이 말했다.

"걱정 마. 그런 녀석들은 언제나 대가를 치르게 돼 있어." 피우스 형이 말했다.

피우스 형은 야외 음악당 옆에서 음식을 먹으라고 하고는 떠났다. 밴드가 〈업 더 폰드〉를 연주했고, 그 노랫소리가 날 꽉 채워 주었다.

"저기 봐. 코미디 프로 〈이 시간은 22분〉에 나오는 사람이야. 항상 카메라에 대고 소리치고 발광하는 사람 말이야."

"릭 머서라는 배우야. 아빠는 얼간이라고 부르지만 엄마는 멋쟁이라고 부르는 사람이지." 사이볼이 설명했다.

"너희 엄마 드리게 사인 받자."

"좋아. 이 빈 상자에 사인 받으면 되겠다."

릭 머서에게 다가가던 중 좋은 생각이 떠올랐다.

"사인 받지 말고 그레이비 소스를 핥아 달라고 하자. 그럼 너희 엄마가 릭 머서의 DNA를 가질 수 있잖아."

"끝내주는 생각인데."

릭 머서는 한창 대화를 나누는 중이었다. 하지만 연예인들은 누가 불쑥 끼어들어도 그러려니 했기 때문에 나는 머뭇대지 않았다.

"저기요, 이 그레이비 소스 좀 핥아 주실 수 있어요?"

릭 머서가 종이 상자에 엉겨 붙은 덩어리를 쳐다봤다.

"엄마가 팬이에요. 엄마한테 릭 머서 씨 DNA를 드리고 싶어서요." 사이볼이 설명했다.

"아, 그렇다면 기꺼이 해 드려야지." 릭 머서가 말했다.

릭은 혀를 내밀어서 그레이비 소스에 푹 담갔다.

"또 필요한 거 없니? 콩팥 같은 것도 필요해?"

"질문이 있어요. 왜 항상 텔레비전에 대고 소리 지르세요?" 내가 물었다.

"크게 소리 지르면 속이 후련해지거든."

"저도 제 생각을 크게 소리쳐 말하면서 돈 벌고 싶어요. 하지만 전 피부가 너무 짙은 갈색이라 텔레비전에 못 나가요." 사이볼이 말했다.

"그건 모르는 일이지. 몇 년 지나면 너 같은 사람이 〈이 시간은 22분〉의 스타가 될지도 몰라."

"정말 그렇게 생각하세요?" 사이볼이 되물었다.

릭 머서가 고개를 끄덕였다.

"물론이지."

그 말을 끝으로 릭 머서는 저 멀리 걸어갔다.

"와아, 그런 식으로 DNA를 남겨 주다니. 진짜 국보급 보물이야." 내가 감탄했다.

"우상으로 받들 만한 사람이야. 확실해."

우리는 사람들을 뚫고 나아가면서 에어 바운스 놀이터에서 뛰어 놀고 회전목마를 타는 아이들을 지켜봤다.

"우린 나이가 많아서 저런 거 못 하겠다, 그지?" 사이볼이 아쉬운 투로 말했다.

"그래."

우리는 계속 호숫가를 따라 걸었다.

"저기 봐. 맥주 파는 텐트에서 나오는 사람. 그레이트 빅 시의 리드 싱어야." 내가 말했다.

"맙소사, 다음에는 또 누굴 만나게 될까? 조이 스몰우드 수상님?"

"무덤에서 살아나신다면 만날지도 모르지."

나는 두 손을 입 가장자리에 대고 오므려 맥주 텐트를 향해 소리 쳤다.

"앨런 도일(캐나다 출신 가수이자 배우)!"

앨런 도일이 쳐다보자 내가 말했다.

"우리가 갈 때까지 거기서 딱 기다려 줘요!"

잠시 후, 우리는 얼굴을 마주 보고 섰다.

"오늘 밤에 달란트 경연 대회에서 〈고잉 업〉을 부를 거예요."

앨런 도일이 웃음을 터트렸다.

"그래?"

"춤도 출 거예요. 꼭 보러 오세요." 내가 말했다.

"좋아. 갈 수 있으면 갈게."

나는 감자칩 상자를 들어 올렸다.

"저기요, 저희가 지금 연예인 DNA를 수집하고 있거든요. 릭 머서 씨가 이걸 핥아 줬어요. 앨런 도일 씨도 그렇게 해 주시면 정말 영광이겠습니다."

앨런 도일이 감자칩 상자에 얼굴을 들이밀고는 혀를 쭉 빼서 한쪽 면에서 다른 쪽 면까지 핥았다.

"음. 드레싱과 그레이비 소스를 뿌린 생선튀김과 감자칩이군. 이만한 게 또 없지!"

앨런 도일이 술에 취한 게 아닌가 싶었다. 하지만 원래도 앨런 도일은 뉴펀들랜드에서 가장 행복한 사람이라고 소문나 있었다.

사이볼과 함께 걸어가면서 내가 말했다.

"그레이비 소스로 우리가 뭘 먹었는지 알아맞히다니 대단해."

"그 사람은 천재야."

"또 누굴 만날까?"

"고든 핀센트 영화감독을 만난다면 바지에 지릴 것 같아."

"할머니는 그 사람 DNA를 죽어도 갖고 싶어 할걸."

우리는 2시간을 더 돌아다녔지만 다른 유명 인사를 보지 못했다. 대신 5달러짜리 지폐를 주웠다. 그걸로 에어 바운스에서 회전목마를 탔다.

*

감자칩 상자와 원숭이 인형은 덤불 속에 숨겨 놓고 공연 연습을 하러 양로원으로 갔다. 잠시 후, 다 같이 주님께 한 걸음 더 가까이 양로원 미니버스에 올라탔다. 절름발이 스티븐과 하버 라이트 센터에서 온 음악가 두 명, 진짜 운전면허 자격증 있는 미니버스 운전사까지 합쳐서 모두 스물세 명이었다. 퀴디 비디 호수는 조금 전과 완전히 다른 모습이었다. 가판대는 다 철거됐고, 쓰레기가 땅바닥에 가득했다. 무대는 야외 음악당 아래쪽에 설치됐다. 상당히 많은 관객들이 무대를 마주 보는 언덕에 앉아 있었다. 오후 6시가 되자 사회자가 무대에 올랐다. 공연 팀은 총 열두 팀이었다. 그중에는 앨피 브래그와 그의 파이프, 두 발로 걸을 수 있는 업라이트라는 개 한 마리도 있었다. 둘 다 큰 인기를 끌었다. 앨피의 〈대니 보이〉 버전은 유리 눈알에서도 눈물 뺄 정도로 감동적이었다. 두 다리로 걷는 업라이트는 놀랍게도 앞다리로 걸었다. 아무도 상상하지 못한 일이었다. 풀 틸트 댄스팀은 언제나처럼 기립 박수를 받았다.

'늙다리 멋쟁이'라고 우리 팀 이름이 호명되자 관중석에서 환호성이 들렸다. 나는 그 환호성을 따라 시선을 돌리다가 그들을 발견했다. 다섯 명 모두가 잔디밭에 앉아 있었다. 엄마 무릎에는 험티덤티 담요가 펼쳐져 있었다. 나는 목구멍을 틀어막은 덩어리를 꿀꺽 삼켰다.

하버 라이트 센터의 음악가 두 명이 〈고잉 업〉을 연주하자 관객들이 노래를 따라 불렀다. 뉴펀들랜드에서는 그레이트 빅 시를 모르는 사람이 없었다.

우리 안무는 계획했던 대로 착착 잘 맞아 들어갔다. 에디 할머니가 스트립쇼를 하려고 작정하기 전까지는. 고맙게도 에디 할머니가 버튼을 풀지 못해서 스트립쇼가 벌어지는 불상사는 면했다. 버스터 할아버지는 관중들의 시선을 분산시키려고 지팡이를 빙글빙글 돌렸다. 아, 노인들은 손아귀 힘이 없어서 탈이다. 지팡이가 날아가 절름발이 스티븐의 머리를 강타했다. 스티븐이 무대 위에서 피를 뚝뚝 흘릴 때 사이볼이 방그라 댄스 동작으로 특별한 매력을 더했다. 관중들은 대체 어디에 시선을 둬야 할지 몰랐다. 절름발이 스티븐이 무대에서 내려가자 앨런 도일이 무대 위로 뛰어 올라왔다. 앨런 도일은 신들린 듯 기타를 연주했다. 노래를 부르는 게 아니라 토해

냈다. 우리는 바깥세상을 가둬 놓고 있었다. 그래도 괜찮았다. 퀴디비디 호수에서 즐거운 시간을 보내는 중인데 바깥세상이 뭐 필요하겠는가!

스티븐은 마지막 순간에 다시 무대로 올라왔다. 이마에 밴드를 붙였고, 뺨에는 핏방울이 말라붙어 있었다. 내 솔로 댄스 차례가 됐을 때 앨런 도일이 말했다.

"멋지게 끝내줘, 친구."

내 동전 소리가 시그널 언덕까지 울려 퍼졌다. 노래가 끝났을 때 기립 박수를 기다릴 필요가 없었다. 그 전에 모두 일어서서 박수를 치고 있었으니까.

엄마가 나를 꼭 안아 주었다. 할머니는 훌륭한 아이라고 칭찬해 주셨다. 아빠는 이기고 지는 건 중요하지 않다고 했지만 나는 이렇게 말했다.

"SIDS 연구에 기부할 돈은 어떡하고요?"

"중요한 건 마음이야." 피우스 형이 말했다. 실라 누나는 두 손을 배에 올려 두었다. 가슴이 찌르르 아팠다. 이상하게도 갑작스럽게 실라 누나를 생각하자 마음이 아팠다.

관객들이 투표용지를 받았다. 앨런 도일은 하버 라이트 센터의 음악가들과 함께 몇 곡을 연주해서 관객들을 즐겁게 해 주었다. 그 동안 개표가 진행되었다. 피우스 형이 막간에 무대에 뛰어 올라가 마이크를 잡더니 발표를 했다.

"프레디 푸지는 무대로 와 주시겠습니까? 노인팀 텐트에서 프레디 푸지의 성기 사마귀 처방 연고를 발견했거든요."

나는 부모님과 함께 언덕에 앉아 있는 사이볼을 쳐다봤다. 우리는 텔레파시라도 주고받은 것처럼 신나게 웃어 젖혔다.

앨런 도일이 몇 곡 더 연주하는 동안 우리는 투표 결과를 기다렸다. 한 30분 정도 흘렀을까? 사회자가 무대 위에 다시 올라왔다. '늙다리 멋쟁이' 팀이 결과를 들으려고 한데 모였다.

"오늘의 승자는……."

"나 오줌 지릴 것 같아." 사이볼이 긴장했다.

"풀 틸트 댄스팀."

나는 양손을 억지로 끌어모아서 간신히 박수 치는 소리를 냈다.

"재개표하라고 해야겠어. 이건 조작됐어." 에디 할머니가 소리쳤다.

조금 전에 화장실에 갔다 오겠다고 나갔던 에디 할머니가 실은 맥주 텐트에 갔다 온 게 아닌가 싶었다.

오플래허티 신부님이 큼직한 수표를 받았다. 신부님은 관객들에게 감사 인사를 하고, 상금을 댄스팀 바닥 공사에 사용하겠다고 했다.

"우우우우!" 에디 할머니가 야유했다.

신부님이 목청을 가다듬었다.

"하지만 더 나은 곳에 쓸 수 있겠다는 생각이 들었습니다."

"무대에서 내려와라, 늙다리 멍청이!"

"에디 할머니, 그만해요. 쉬!" 내가 에디 할머니를 진정시켰다.

"핀바 스콰이어스, 무대로 올라와 주시겠습니까?"

내가 잔뜩 얼어붙어 있자 사이볼이 날 앞으로 떠밀었다.

"'늙다리 멋쟁이' 팀이 이겼다면 이 상금을 SIDS 연구에 기부했을 겁니다. 풀 틸트 댄스팀도 그 편이 더욱 가치 있다고 여겨서 스콰이어스 가족에게 이 상금을 전달하고자 합니다."

오플래허티 신부님이 내 손을 잡았다. 나는 신부님 눈을 쳐다볼수가 없었다.

"분노가 지나가고 있어요." 내가 속삭였다.

신부님이 수표를 건네주셨다.

"하느님의 은총이 함께 하길 바란다, 핀바."

나는 관객들을 향해 돌아서서 의기양양하게 수표를 높이 들어올렸다.

"저기 질문이 하나 있는데요. 이렇게 큰 수표를 어떻게 봉투에 넣어 가져가죠?"

관객들이 웃음을 터트렸다.

나는 무대에서 뛰어 내려가 사이볼을 붙잡았다. 그러고는 그대로 들어 올려 빙그르 돌렸다.

"내 인생 최고의 날이야!"

그러다가 우뚝 멈춰 섰다. 사이볼이 공중에 매달려 있었다.

"기뻐해도 괜찮아." 사이볼이 말했다.

나는 사이볼을 내려놓았다.

"고마워, 사이볼."

사이볼은 '늙다리 멋쟁이' 팀원들과 포옹을 하고 난 후 덤불로 달려가 감자칩 상자와 원숭이 인형을 꺼냈다. 우리는 감자칩 상자를 스티븐에게 가져갔다.

"이 상자 좀 핥아 주실래요? 연예인들 DNA를 수집하는 중이거든요." 내가 말했다.

"아저씨도 재거 같은 유명 인사들과 공연했잖아요." 사이볼이 덧붙여 말했다.

스티븐이 가슴을 내밀었다.

"이거 아주 영광인걸."

스티븐은 그레이비 소스 한 덩어리를 핥아 먹고 나서 인상을 찌푸렸다.

"머리는 어때요?" 내가 물었다.

스티븐이 이마의 붕대 위치를 고쳐 잡았다.

"두통이 좀 있지만 괜찮아질 거야."

엄마와 아빠가 언덕에서 우리에게 손을 흔들어 주었다. 나는 사이볼과 함께 가족들 곁으로 다가갔다. 그러고는 실라 누나 옆에 앉았다.

"600달러라니. 우아." 엄마가 탄성을 내뱉었다.

태양이 퀴디 비디 호수를 내리쬐고 있었다. 저 멀리서 오리들이 푸드덕거렸다. 외로운 뱃사공 한 명이 보트 창고를 향해 노를 저어 가고 있었다.

아빠가 시계를 확인했다.

"벌써 2시간째 여기 나와 있었어."

엄마가 시계 유리를 한 손으로 덮었다.

"시간은 언제나 흘러가는 거예요, 여보. 우리가 지켜보든 안 보든 상관없어요."

"그래, 그렇지." 할머니가 맞장구를 쳤다.

나는 원숭이 인형을 실라 누나의 무릎에 올려 주었다.

"선물이야, 누나."

피우스 형이 내 등에 한 손을 올렸다.

"고드가 레가타 휴일을 좋아했을 거야." 실라 누나가 말했다.

"그래, 분명히 그랬을 거야." 내가 말했다.

*

그날 밤, 첫 번째 소동 이후 겨우 몇 주가 지났을 뿐인데 또다시 소동이 일었다. 피우스 형이 침대에서 벌떡 일어났다. 이번에는 나도 따라갔다. 실라 누나가 복도에 서 있었다. 누나 아래쪽 바닥에 생긴 웅덩이가 보였다.

"아, 뭐야! 누나가 오줌 싸고 있어!" 내가 소리쳤다.

엄마가 손을 휘휘 저어 우리를 쫓아냈다.

"가서 아빠 깨워. 자동차 시동 걸라고 해."

실라 누나는 유령처럼 하얗게 질려 있었다.

"무서워할 거 없어. 다 겪는 일이야." 할머니가 누나를 달랬다.

"전 아직 겪어 보지 못했어요." 피우스 형이 끼어들었다.

"아빠 깨우러 가랬지!" 엄마가 소리쳤다.

"배리, 수건 가져와서 여기 좀 닦아. 우린 실라 옷 좀 갈아입게 도와줘야겠다." 할머니가 말했다.

"난 손 안 댈래요. 누나 오줌이잖아요."

"한 달 더 있어야 하는데. 우리 아들, 지금 나오지 마. 지금 나오면 너무 작을 거야." 실라 누나가 방으로 뒤뚱뒤뚱 걸어가면서 말했다.

"아들이야?" 내가 물었다.

아빠가 바닥의 웅덩이 치우는 일을 도와주었다.

"양수야. 정말 놀랍지 않니?" 아빠가 감탄했다.

실라 누나 방에서 고통스러운 비명 소리가 들렸다.

"호흡해. 호흡" 엄마가 말했다.

어른들이 누나를 계단 아래로 부축해서 자동차로 데려갔다.

"난 못 해." 누나가 울부짖었다.

피우스 형과 나는 문간에 서 있었다.

"힘내, 실라 누나." 내가 말했다.

실라 누나가 돌아보았다.

"고마워, 배리."

*

우리는 차를 마시고 쇼트브레드 한 통을 다 먹어 치웠다.

"몇 시야?" 내가 10분마다 시간을 물어봤다.

피우스 형은 시간을 때우려고 〈폴티 타워즈〉를 틀었다. 이번에는 호텔 간판이 〈꽃 멍청이〉였다.

"몇 시야?" 내가 물었다.

오전 6시 23분이었다. 전화가 울리자 피우스 형이 전화를 받았다.

"우아." 피우스 형이 전화기에 대고 탄성을 내질렀다.

피우스 형이 전화를 끊었다.

"여자애래."

아빠가 우리를 차에 태우고 누나와 아기가 있는 곳으로 향했다. 주변 세상이 째깍째깍 잘도 돌아갔다. 사람들이 바쁘게 움직였다.

'다들 모르는 거야? 오늘 아기가 태어났는데.' 이런 생각이 들었다.

모두가 돌아가면서 아기를 안아 주었다. 나는 의자에 앉아 기다렸다. 아이를 품에서 놓아주려는 사람이 없었다.

마침내 피우스 형이 아기를 내 팔에 안겨 주며 말했다.

"코쟁이가 아냐."

작은 손가락 10개. 작은 발가락 10개. 관절이 있어야 할 자리에 쏙 들어간 귀여운 보조개.

"레가타라고 불러야 할까 봐." 내가 말했다.

그러자 다섯 명이 동시에 한 목소리를 냈다.

"입 다물어, 배리."

*

아기는 한 달 일찍 나왔지만 황소처럼 튼튼했다. 일주일 후, 아기가 집에 도착했다. 고드가 그리웠다. 고드의 모든 것이 그리웠다.

사이볼이 찾아왔다. 우리는 잠든 아기를 한참 동안 바라봤다. 아기는 입술에 거품을 물고 있었다.

"이 아기 잘못이 아냐." 사이볼이 말했다.

"나도 알아."

*

잠에서 깼다. 왜 깼는지 이유는 모르겠다. 나는 복도를 따라 걸었다. 실라 누나가 아기 침대 옆에 앉아 난간 틈새로 손을 넣고 있었다.

"또 그런 일이 생기면 어떡해?" 실라 누나가 걱정스럽게 말했다.

내가 누나 옆에 앉았다.

"그런 일 없을 거야."

실라 누나가 아기 침대 난간에 머리를 기댔다.

"그만 자러 가, 누나."

"혼자 두고는 못 가겠어."

"내가 있을게."

"그럴래?"

내가 고개를 끄덕였다.

누나가 떠난 후 나는 난간 틈새로 손을 넣었다.

"안녕, 몰리."

몰리의 손바닥에 손가락 하나를 올렸다. 몰리가 내 손가락을 꽉 움켜쥐었다.

"네가 좀 더 크면 밖에 데려가 줄게. 사이볼과 함께 가는 거야. 너도 사이볼을 좋아할 거야. 사이볼도 널 좋아할걸. 원래 그렇게 되는 거야. 케인스 가게에도 가고, 시그널 언덕도 올라가 보자. 항구에도 데려가서 바다에 풍덩 빠트리는 척도 해 줄게. 걱정하지 마, 너도 좋아할 거야. 고드도 좋아했거든."

*

나는 몰리가 울며 보챌 때까지 옆에 있었다. 그러고는 지하실로 내려갔다. 대들보에서 고드의 원숭이 우주복을 꺼내 더러운 빨래 바구니에 넣고 바구니를 세탁기에 쏟아 부었다. 빨래는 한 번도 해본 적이 없었지만 상당히 간단했다. 세제를 조금 넣고 다이얼을 중에 맞춘 후 시작 버튼을 누르면 끝이었다. 나는 피우스 형의 하키 스케이트를 신고 내가 생각해 낸 악마의 훈련을 시작했다. 빨래가 끝났을 때 스케이트를 벗고 깨끗한 빨래를 바구니에 넣었다.

위층으로 올라가 신발을 신고 뒷문으로 나갔다. 빨랫줄이 도르래를 지나가면서 끼끽거렸다. 나는 빨래 바구니에서 빨래를 꺼내 빨랫줄에 넣었다. 아빠의 플란넬 셔츠, 엉덩이에 구멍 뚫린 내 팬티, 엄마의 물망초 잠옷, 피우스 형의 하키 유니폼, 할머니의 프릴 셔츠, 실라 누나의 쫄바지 원더팬츠. 허리를 숙여 몰리의 아기 옷도 집어들었다. 그때 눈 가장자리에 그림자가 어른거렸다. 언제부터 날 지켜보고 있었는지 모르겠다. 하늘이 어두워지고 바람이 거세졌다. 나는 엄마를 쳐다보고 미소 지었다.

"빨래 널기 좋은 날이야, 엄마."

배리 스콰이어스

초판 1쇄 발행일 2023년 1월 10일

지은이 헤더 스미스(Heather Smith)
옮긴이 이미정

펴낸이 金昇芝
편집 이나영, 노현주
디자인 팔팔 일러스트 나노

펴낸곳 베르단디
출판등록 제 2022-000085호
전화 070-4062-1908
팩스 02-6280-1908
주소 경기도 파주시 경의로 114 에펠타워 406호
이메일 annesroom@naver.com
인스타그램 @verdandi_books

ISBN 979-11-91426-54-0 (43840)

현재의 운명을 주관하는 여신이라는 뜻의 '베르단디'는 블루무스 출판사의 인문·에세이 브랜드입니다.